U0607378

每日一诗

MEIRI YISHI

2023 年卷

谭五昌 主编

中国文史出版社

CHINA CULTURAL AND HISTORICAL PRESS

编 委 会

主　　编　谭五昌

执行主编　唐　诗　梅　尔　凌晓晨

副 主 编　田　湘　齐冬平　曾春根　路文彬

编　　委（排名不分先后）

吉狄马加	叶延滨	黄亚洲	谭仲池	曾凡华
尚仲敏	李少君	陆　健	龚学敏	周庆荣
潇　潇	车延高	高　兴	陈新文	庄伟杰
祁　人	刘以林	远　岸	杨四平	彭惊宇
荒　林	郭新民	木　汀	李自国	罗鹿鸣
阎　志	雁　西	唐成茂	周占林	李晓君
舒　然	杨廷成	倮　倮	王桂林	冯景亭
李　强	于慈江	李　皓	郭思思	杨佴旻
安　琪	大　枪	路军锋	吴光琛	西玛珈旺
灵岩放歌	上官文露	胡建文	兰　心	度母洛妃

目 录

CONTENTS

壹月

贰月

叁月

· 3 ·

肆月

伍月

陆月

捌月

拾月

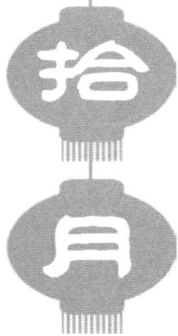

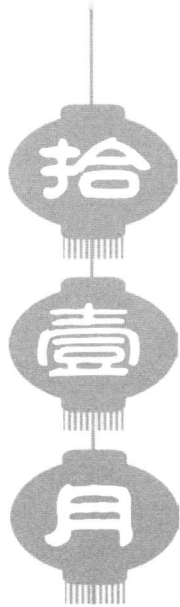

拾贰月

元旦迎新 / 罗鹿鸣

大门才开启
背后已关上一扇
只有回忆才能打开

而打开的地平线
有一颗红日站在上面

奔驰而去的人们
却在途中蹒跚

不是不乐意向前，而是
路上的风景让人流连

回首来路，即使是
伤筋动骨的摔跤
也成美好的一叹

罗鹿鸣，中国作家协会会员，中国金融作家协会副主席。

2023.1.1 星期日

壬寅虎年
腊月初十

新年的风铃 / 庄伟杰

小时候喜欢天增岁月，意味着正在成长
而今则常常忘记年岁，试图抵御时间
但用倒时计算，不管你愿意不愿意
再过一周零一夜，或者拉开几个夜幕
新年的风铃，将以新的美学原理摇响

想象那天清晨的日光，将以新颖的表情
在海平线上冉冉，内心之水开始涨潮
又显得格外平静，或许这是独处的安详使然
回首或前瞻，浸泡在茶色功夫中放牧时光
是自得还是悠然，连自己也说不清楚
只是难以找到童年期的一羽欢悦

一年复一年。坐享在光的谱系中
突发奇想，以太极之手把时间的球往前推
重新从童年开始，或从旦后再出发
方知时间的幽谷深埋着爱，一如高深的学问
而你，只能继续爱着，梦着，追问着

庄伟杰，《中文学刊》社长、总编，澳大利亚诗人笔会会长。

2023.1.2 星期一

壬寅虎年
腊月十一

多好的日子 / 殷 红

多好的日子
我抱着儿子在屋檐下晒太阳
虽然是冬天
心，并不寒冷
风，是善知人意的
暖烘烘地告诉我
明天，将送来一场大雪
算对新年的慰问

因此，我要晒晒这冬日的太阳
在冬日的阳光下
想些春天的事
其实，已没什么好晒的了
在夏天和秋天
往事和新麦都已晒过
只是想让儿子，在阳光下
接受点什么

殷红，江西人。《诗歌报》"首届探索诗—爱情诗大赛"特等奖获得者。

壬寅虎年
腊月十二

新年或另一种抵达 / 郭建芳

二月将至，空气中依稀弥漫着枯草的味道
山峦背后，晨光依旧明晰
此刻，万物在时光的轮回中
渐渐慢下来

新年，要在一首诗中轻轻打开
就仿佛一些词语需要一次又一次涅槃重生
比如：开始、结束、忘记、丢失

每次路过人间，都像一个信徒
还是习惯用视而不见，对抗那些陈年往事
还是会在三月的第一天，为一朵桃花祈祷

或许
一杯茶里，有我的今生和来世
一首小令，是我人生的另一种开始或抵达

郭建芳，笔名安妮，山西人。中国诗歌学会会员。

2023.1.4 星期三

壬寅虎年
腊月十三

小 寒 / 霜扣儿

那一步一步移动的，在冰心上
能穿透风的
那一缕尖细的，杀过荒原的
站起来，扑倒了影墙的
使天下如此辽阔
躲无可躲

张开的打通闭合的，张开的要代表一切
无所顾忌，无所依傍
比流浪自由的，呃，被完全包裹的
四海为家
把天都覆盖，把地都吃掉
能说出的意义
就是让你倒退着，跑起来

之前的冷在今日被拆掉
它的残渣就是你，你说大寒时
更碎的东西盯紧了你

霜扣儿，原名王玮，黑龙江人。中国作家协会会员、中国诗歌学会会员。

壬寅虎年
小 寒

小寒，二十四节气中的第二十三个节气，冬季的第五个节气。于每年公历1月5日至7日交节。冷气积久而寒，小寒天气寒冷，是表示气温冷暖变化的节气。小寒节气的特点就是寒冷，但是却还没有冷到极致。

水仙花 / 尚仲敏

水仙花，我和你一样不耐寒
心一冷就死。渴望阳光
内心藏不住秘密
被所有的人一览无余

你美得如此短暂
美得让我措手不及
我凝视你时，就算你不说话
我也知道你的心思

我一个人说，你听着就是了
我喜欢你，却不能为你写诗
因为我所有的诗只献给一个人
一个风雨中站在大门口
等我回家的人

尚仲敏，"第三代诗人"代表人物之一。昌耀诗歌奖获得者。

壬寅虎年
腊月十五

雪 旅/张 烨

我从孤寂的雪谷中来
现在我要回去了
离开这座城市

是我要离开你的。那晚，你很爱我
是我突然发现被暖气装置燠热的屋子
献给我的玫瑰色调我不能接受
我有了冬天的心境
懂得了一切存在与不存在的寒冷
我更觉得孤寂的雪谷样样都好

一棵树上最后一片树叶急促地呼吸
我停步回首，雪在倾斜着流动
被房屋装饰的街景在流动
雪很亮，流动的面孔也很亮
我的眼中涌起一阵怜悯
我没有移动
"原谅我给你带来了痛苦。"我轻轻地说
现在我上路了
走向雪白的路是艰难的
走向雪白的路是坚定的

张烨，上海大学教授。20世纪八九十年代女性诗歌重要代表人物之一。

2023.1.7 星期六

壬寅虎年
腊月十六

歌　唱／高　兴

在幽暗中，在雪
始终没有飘落的冬天
旋律回荡
可礼堂已经空空荡荡

歌者，站在舞台中央
索性闭上眼睛
继续歌唱
仿佛在为自己而歌唱
或者，在为歌唱而歌唱

谁知道他的柔情
他的期盼，他的失落
他内心深刻而又无言的忧伤

高兴，翻译家，《世界文学》主编。捷克扬·马萨里克银质奖章获得者。

壬寅虎年
腊月十七

寒冬猛烈 / 程 维

北方已是冰冻之国，寒流一路南下
兵临赣江，南昌已经风鸣鹤唳，警报早就
响起，凛冬已至。我跑着跑着也就跑到
被窝里，像一头冬眠的熊。可我并没有
储备好足够过冬的食物，还必须到
外面觅食。一群鸟喳喳叫着，在地上蹦跳
又飞上树梢，它们把觅食当作健身、快乐
可我总是如受重负，低头、弯腰、假笑
在寒冷的冬天为了养家糊口而停不下来

外买小哥、快递员、交通协警、保洁
我和他们一样感到这个冬天寒气猛烈

程维，江西省作家协会副主席。中国作家协会"第八届庄重文文学奖"
获得者。

2023.1.9 星期一

壬寅虎年
腊月十八

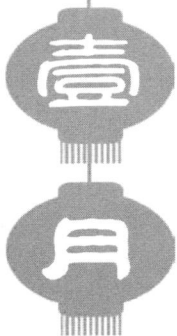

大 雪 / 梁晓明

像心里的朋友一个个拉出来从空中落下
洁白、轻盈、柔软
各有风姿
令人心疼的
飘飘斜斜地四处散落
有的丢在少年，有的忘在乡间
有的从指头上如烟缕散去

我跟船而去，在江上看雪
我以后的日子在江面上散开
正如雪，入水行走
悄无声息……

梁晓明，"第三代诗人"代表人物之一，杨万里诗歌奖获得者。

大雪恰似一场祷告 / 陈新文

现在可以确认
大雪
来自时间冷静的内心
是火焰的另一种形式

雪花飘飞
不是所有真相都会大白
一些消息随风扩散
关于爱、命运和寒冷的关系
关于梦
和人间部分即将融化的秘密

天地即禅院
而大雪恰似一场祷告
在一切消失之前
两片雪花相遇
我们双手合十

陈新文，湖南文艺出版社社长、《芙蓉》杂志社社长兼主编。湖南
诗歌学会副会长。

2023.1.11 星期三

静 谧

——致 MATTIS 小湖及其上空的晚霞／远 岸

不要出声
太阳
从来不需要说话

湖边的小鸟
在冬日的傍晚轻呼吸

金黄 墨绿 幽蓝
令人晕眩的紫红光芒
静静燃烧
诱惑云端众神
任性到极致
把晚霞喝成红酒满天

不要出声
不要出声

惨白的黑暗降临
为了分娩
你念想中的春天

远岸，中国作家协会会员，《国际汉语诗歌》执行主编。

2023.1.12 星期四

壬寅虎年
腊月廿一

趵突泉 / 雪丰谷

我迟缓而来，它不再奔放
像当年的豹子那样仰天长啸
只是流泪，默默地流
比一个瘦老头还要伤感
偶尔，它似乎恢复了记忆
泪花泛起，欲言又止
我觉得，照此心境
不想开口倒不如闭嘴
说白了也没什么好说的
大地入冬了，冷漠已成常态

雪丰谷，原名王永福，南京人。出版过诗集《思无邪》等。

壬寅虎年
腊月廿二

冬 夜 / 叶延滨

狐狸什么时候来过
印出一行脚印
镀亮银色月光
好像一本童话的封面
只因为很冷
让我知道不是梦和童年
目光从门缝里
探向石头砌的鸡窝
真恨那块堵鸡窝的青石
它今晚格外严实

目光镶出的冬夜确实美丽
冬夜的那行脚印确实美丽
那条小狐狸是啥样子
该红似一团火吧

叶延滨，《诗刊》原主编，中国诗歌学会副会长。

2023.1.14 星期六

壬寅虎年
腊月廿三

一　月 / 孙　思

是水声之外
从沧桑走出来的一溜青石板
清冽、幽长

远处的笛声
如一条长长的飘带，把日子拉得很远
把一些宿事旧影，拉得很近

一月又总是有早雾
乌龙茶似的，被紫砂壶一样的日子
悄悄地藏香起香

孙思，中国诗歌学会、上海作家协会理事，《上海诗人》常务副主编。

2023.1.15　星期日

壬寅虎年
腊月廿四

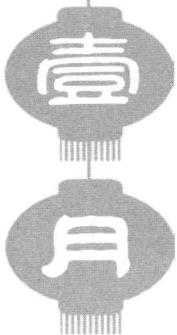

与一个苹果对峙 / 艾 子

我是吃掉它，还是等它慢慢
香销玉殒
这只从北方来的苹果
它或许经过一些风霜
有些积雪。或许
它只是冷军笔下的苹果
只是线条和光影

或许，我只需注视你
我看到你脸上的暖意，但看不到你
心里的炭火
冬末，好时光即将到来
我多想看着你燃烧
成为果实中
最果敢的存在

艾子，中国作家协会会员，海南省作家协会副主席。

壬寅虎年
腊月廿五

冬天晾衣 / 宇　秀

那年冬天，挂满屋檐的冰凌不动声色
雪霁，太阳并未露脸
母亲就催我把衣裳晾到后院
傍晚，衣裳冻成了铁丝上的冰雕
我试图取下，咔嚓折成两半
像两柄削薄而锋利的刀片
把一张不知所措的脸夹在对决之间
母亲用滚水把衣裳从刀锋下解救出来
而我的身体无法属于任何一半
夜色下，针线挑灯穿行缝合分离

母亲极尽完美的针脚，暗藏细密的痛点
令童年背负了很长一道伤痕

宇秀，祖籍苏州，现居温哥华。2019年度"十佳华语诗人"称号获得者。

壬寅虎年
腊月廿六

壹

月

隔　膜／上官文露

四季把赌注放在了冬天
从此无视
春的招摇
夏的撒野
秋的炫耀
终于
滑倒在了冬天
最华丽的欺骗里

上官文露，文学博士，首届"梁晓声青年文学奖"优秀中篇小说首奖获得者。

2023.1.18 星期三

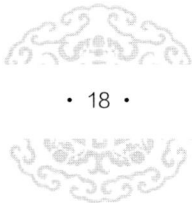

壬寅虎年
腊月廿七

雪 影 / 祝发能

影子　你在哪里
石头、白纸、我　叠加的高度
慢慢深陷时间的泥潭
视域之外　也许
你已暗自成溪
唉　歇一会儿哈
让飞热的翅膀　温暖一下冬天
再飞出雪景　如何

祝发能，贵州省诗歌学会副会长。

壬寅虎年
腊月廿八

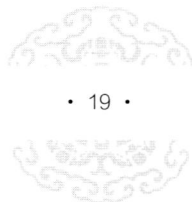

2023.1.19　星期四

· 19 ·

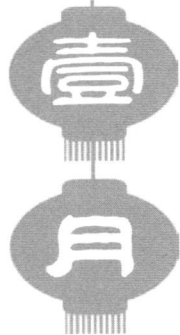

大 寒 / 冯果果

夕阳染红的远山更加蜿蜒

纸上雪新发,大雁朝向同一方向飞翔

流水带来孤帆,不见人影

是被遗忘了吗,还是故意为之

用酞青蓝加赭石渲染一座小岛

用花青加藤黄调出河柳的新绿调

随意漂几叶浮萍

疫情中的城,深夜灯火

无法打破这静

咏叹调,就交给流水吧

冯果果,中国诗歌学会会员、陕西省作家协会会员,商洛市作家协会副主席。

2023.1.20 星期五

壬寅虎年

大 寒

大寒,二十四节气中的最后一个节气。于每年公历 1 月 20 日至 21 日交节。大寒同小寒一样,也是表示天气寒冷程度的节气,大寒是天气寒冷到极致的意思。南方最寒冷的时候就是大寒节气。

除夕回家 / 买丽鸿

翻过铁路。走过小桥
本以为沿着这条熟悉的小路
一直走下去，就能从清晨走到日暮
匆匆的人急驰的车，都不是旧时模样
金沟河的水，濯洗我的中年
也染白了我的发

远远地。我望见了童年的喇叭花
紫苏、沙枣树、红姑娘子和蜻蜓
葡萄架下的父亲，还在用桃核雕刻着十二生肖

总是那么近。又那么远
父亲剪的窗花在梦中一现再现
母亲的山东水饺成为氤氲在烟火深处
最勾人的那弯新月

除夕的傍晚
我掏出那把生锈的铜钥匙
开启街边，一垛垛没有门窗
厚重的墙
空荡荡的街道，只有风侧着身子一溜烟跑过

买丽鸿，笔名脉脉，回族。新疆作家协会会员。

壬寅虎年
除　夕

大年初一，遇见一家新开张的整容医院 / *汤养宗*

一生的悲喜都是顺时针的，有时不是
要与谁扳手劲，逆方向
三百六十度翻转或者等石头开花
今天大年初一，大街拐弯处
又冒出一家整容医院
这等于在那头有了两次日出，看见
另一个自己，正在门口与谁推搡
要不要被拽进去
换成一张新的脸出来？在舍与得之间
认下用旧之物的翻新
铁树上的花会拥护这说法
说我还是新的，说所有的悲喜
都可以改头换脸，相当于，再一次去人间

汤养宗，鲁迅文学奖得主。中国诗歌学会副会长，福建省作家协会
副主席。

2023.1.22 星期日

癸卯兔年
春　节

年节里的焰火 / 于 力

一些经年的事物突然升起、落下
天上的、地上的抑或地下的
无常、流徙、落寞，以及对世界残存的爱
瞬间抵达，就像倒叙的一年
倒叙的半生……

我们也是焰火，每一个蜷缩的背景里
都暗藏一个宏大的构想
那贲张的脉搏，宛若藏在身体里的捻线
探出头，渴望吱吱燃烧

只能活在仰视里，登临璀璨的路上
自己为自己搭云梯，攀越黑暗
和更高的黑暗……

有时睁大眼睛为自己欢呼雀跃
有时捂住耳朵吓自己一跳

焰火，夜幕的镂空之美
甚至，一次惊艳的亮相
就掏空一腔锦绣的河山

于力，中国作家协会会员，河北省张家口作家协会顾问。

2023.1.23 星期一

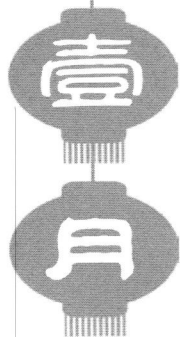

陕北的新年 / 张林春

陕北的新年，阳光
抖落冬日的一身寒意

唢呐锣鼓喧响春的声音
高原红着脸，小河流淌酒香
窑洞滚烫烫的热炕
温暖窗花，点亮红红的灯笼
沸腾的秧歌，沸腾的血液
欢乐裹紧沟壑山川的喜悦
满山遍野吆喊乡音
构思乡村浪漫的情韵

岁月装进父亲心里
日子系在母亲围裙
几声犬吠，咬紧鞭炮声
羊眺望草泛绿，猫叫醒桃花

新年的陕北，每一天都是节日
直至，二月二龙抬起

张林春，中国诗歌学会会员，陕西省作家协会会员。

2023.1.24 星期二

癸卯兔年
正月初三

新 年 / 陈欣永

等着复习新年
从掌纹里看见的命运
一根一根的线
算命的盲人才摸得准你的傻
瞎说你的来年

相信是陈年的新事
做旧的祝福语
依然可以翻新家乡的明月
照在旧屋里
任由思念的绿藤攀爬

如写春联一样，字字斟酌再三
也有红灯笼下的追问
夜里想起的
自说自话的表达留在上海的门前

睡在院子里的草是从故乡移栽的
那是治相思病的秘方
在大年夜的时候
不用口服也会有乡愁的药效

陈欣永，浙江省作家协会会员。

2023.1.25 星期三

裙摆是风在翩跹 / 于慈江

但愿这个虎年有空在海边
冬眠或慵懒。除了穿越地球
延伸地平线，船也能成为
摇篮，还可供你漫不经心
点数岸边。疼痛其实是身体
在呻吟，是默默求助的声音
提示你应放慢节奏，适度休眠

一个人的成长就像树疯长
无关年龄，亦往往悄无声息
与惊艳或激滟更每每无缘
且不管大寒意味着大雪、罡风
还是火山，那斜出的裙摆
是风在撩拨，是路边的花枝
招展，也是无边的优雅在翩跹

于慈江，中国海洋大学讲座教授，一多诗歌中心主任。

2023.1.26 星期四

癸卯兔年
正月初五

熟透的雪 / 臧思佳

北方的雪该成熟了
像青涩的芭蕉整根运到北方
雪熟透时
西双版纳的雨刚刚孕育胚芽

没有扫不到的雪
包括前生今世缝隙里的
在一根拐杖里脱胎换骨
夕阳背着一支高浓度的爱恨
修剪的箭镞
已离弦

生命从一根针管始枯萎
那些不懂融化的雪
早晚会从迷茫的眼神里化出
一条汹涌的河，两行削尖的泪

臧思佳，中国作家协会会员、中国音乐家协会会员。

2023.1.27 星期五

癸卯兔年
正月初六

随着清风回归 / 冰　虹

在落霜后的冬夜，我打开了月光
多么明净的光华
等待着花朵的娇唇，等待着大地恣情的腰身
那泓漾情的春水，就在不远的日月
随着清风回归

　　冰虹，中国作家协会会员、济宁市作家协会副主席，曲阜师范大学文学院研究生导师。

2023.1.28　星期六

癸卯兔年
正月初七

下 雪/吴 涛

妞妞说，下雪了
她就可以跑出去
到院子里和雪玩了！

在妞妞眼里，雪啊
就是一个小朋友
雪来了，就能给她解开
挂在楼舍上的大锁。

吴涛，山西长治市潞州区文联主席，长治诗群重要成员。

2023.1.29 星期日

癸卯兔年
正月初八

雪满山中 / 阳 春

雪收藏了铁轨，城市无法通达村庄
山脊、江堤、麦田都一般模样
无非是积雪选择了凹凸或凸凹
我们也完全一样
世界隐去，多余的人隐去
更多余的尘世的喧嚣和束缚
都统统自觉地销声匿迹

雪上不经行一匹瘦马
风里不掠过一串驼铃声

嘘！谁也不要出声
真怕来自我们喉间的呢喃
会震裂一座座雪川
更怕涌于心底的深爱
会溶解冰封坚硬的江河

阳春，四川省人。《中华文学》杂志编辑。

2023.1.30 星期一

癸卯兔年
正月初九

冬天是只杯子 / 刘立云

那么深的峡谷，那么高的悬崖
一生的沸水注入其中，也仍然只是
盈盈一握，像什么事都没有发生
澄澈，是一块海纳百川的水晶？

我是说杯子，冬天是一只杯子
我是说老人，老人是一个冬天
爱过了，恨过了，又被凄风苦雨打过了
正像李家的哥哥，看尽长安落花

而且是玻璃做的，你的眼和你的心
慈善，宽广，仿佛一圆朗月升向天宇
那是什么样的高炉将杂质汰尽？即使
訇然粉粹，也只不过意味卷土重来

啊！站在悬崖，那么美，那么静
那么吐气如兰——我是说，同在冬天
你能失手打碎一只杯子，但你打不碎
一个老人，时间是他紧握的奥秘

刘立云，江西宁冈人。鲁迅文学奖得主。《解放军文艺》原主编。

山洼村的正月 / 温 古

一座小小的铸铁火炉
是一个冬天的中心
它撩动的火舌
拨弄着你心中的冰块

一座火炉，点燃了你一个冬天的荒芜
它呼叫着，让奔腾的血液
从各路赶来，向心脏汇聚

它以充分的热量来证明
炉膛的中心，就是一个喧闹的节日

温古，中国作家协会会员，内蒙古作家协会诗歌创作委员会副主任。

2023.2.1 星期三

癸卯兔年
正月十一

荒原上，那一万匹狂奔的马 / 冯景亭

窗外飘着雪

荒原在新年的唱词里

脱着自己的旧衣

坐下来谈谈吧，谈谈

雪如何地落下，又如何消融在

这渐渐暖和的二月

春天就要回到人间了

我喜欢下雪，就像自己

被一双宽厚的手抚摩着

就像山川河流

愿意接受这身不由己的倾泻

我的这些喜欢

一如你喜欢看那白皑皑的雪

压弯竹子

像一万匹狂奔的白马

在寂寥而暗淡的荒原上

冯景亭，陕西诗人，园艺家。

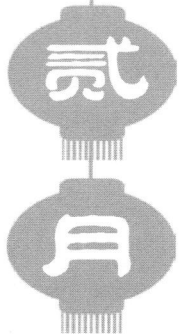

声音的冬天 / 陈剑虹

冰面，竹叶铺展，阳光
弹奏神奇音响，天籁
闪电在琴弦终端坼裂
刀锋滑动，黑天鹅飘在梦里
梦——冬天的云，孕育温暖

敏感，竖起荒原兔的双耳
橱窗展示更替，眼睛发现
荷花的记忆——绚烂夏日
遗留枯黄，衰老的向日葵
低下高昂头颅，憧憬，再次吹爆
上升的串串气泡，一位女士
手中的冰糖葫芦

一起走吧，循着冰声，瞬间
目光追逐两条相挨的身影
倒映冰面，拖出长长黑色
链接烧毁的大片废墟

岸边，冻土如磐石
一起走吧——
冰声，在琴弦终端
突然坼裂

陈剑虹，北京人。北京市写作学会会员。

2023.2.3 星期五

癸卯兔年
正月十三

立　春 / 堆　雪

装满雪花的信封贴上风
由赶车的邮差捎往别处
剩下的白都铺成纸，用来写诗

阳光像货郎客，挨家挨户叫卖
人们拿出落满灰尘的旧物
换取内心喜爱的颜色

我要一碇墨，蘸上流过门前的溪水
描出经年眺望的远山
我的爱人则需要一支桃花
在发白的脸颊涂上胭脂

堆雪，中国作家协会会员，新疆作家协会理事。

癸卯兔年
立　春

　　立春，二十四节气中的第一个节气，于每年公历2月3日至5日交节。干支纪元，以寅月为春正，立春为岁首。立春，大地回春，终而复始、万象更新，在传统观念中，立春具有吉祥的含义。

步行而来的春天/沙 克

黄河以南，淮水以北
低温的泥香中播散着私密风语
亲爱的，我听见了

我历经过约定的长途之苦
坐在一个池塘边歇脚
草木似醒，发根往皮肤外钻涌

水面像镜框中的一层玻璃
蒙着两代人的老照片似的不可言喻
猜猜看，水里头萌动着什么

我向池塘里丢进一块卵石
溅起一团水花，听到塘底下的泉流
连着她的几条支流都在喧响
我站起身迎着她走去

桃色淡红，杏色粉白
她挂着歌曲、芯片和升温的波澜之变
跃过一沓老照片步行而来
笑眼隐忧，活泛着……把我索绕

低碳的春天步行而来
把旧情焐成初爱

沙克，《中国文艺家》杂志副总编辑，北大访问学者。

2023.2.5
星期日

癸卯兔年
元宵节

初 春 / 梅黎明

犹存余冻的时节
有梦还在枝头的寒梅
枯绿黄嫩稀稀疏羽
微香绕鼻淡淡清清
雾影间透过晨曦的遐思
润物细雨丝丝零落
让有灵性的动物
植物赶紧醒来
去活跃那快要到来的新鲜世界

梅黎明，中国井冈山干部学院常务副院长。

春风有信 / 杨北城

说好的，等你到春天
当小南风第一次吹动
回暖的苔地有些湿润
灰鸭开始在池塘里觅食
最早苏醒的蛰虫
向阳光中伸出了触须
你所见，每天皆有新奇
这还不是一年中最好的景象
禁锢的冬天刚刚过去
倒春寒里还有阴郁的枯枝
然春风有信，报你于所愿
我们一个冬天都在闭门读书
洞悉了那么多人生道理
依然没有过好自己的生活
那就算了吧，人间多于学问
只要春风有信，备好一场雨水

杨北城，祖籍江西南康。新江西诗派代表诗人之一。

2023.2.7 星期二

癸卯兔年
正月十七

春 鸟 / 塔里木

冷风犹如过客
向太阳挥手慢慢远去

赤裸的树林
像插在大地上粗砺的笔杆
我想用它画下早春的气息
梦中的花园景色
在枝头上的残雪里反光

从我的内心飞出来的一只鸟
在开始融化的冰块上
饮水鸣叫
惊奇地，旋转着春天的旋律

塔里木，本名吉利力·海利力。维吾尔族。新疆作家协会会员。

春 雨／高 伟

在春天来临之际　喊出我的名字
把我领向它的雨
我要关闭所有的机器　关闭那些
拥堵的信息　那些我生命中的血瘀
春雨比它们高贵多了
春雨　它即将滴落在花的心尖尖上
花的芯　就要像伊甸园里的夏娃那样
开放了　一阵雨的工夫
十万个夏娃盛开了
这么美又这么扎心
造物主是艺术大师
它的作品　美得让我们哑口无言
坐在窗前　什么也不干
用用这颗心
用用耳朵　听听这春雨
这刚刚听过报纸上枪炮声的耳朵
最懂得春雨的昂贵

高伟，中国作家协会会员，青岛市作家协会副主席。

2023.2.9　星期四

癸卯兔年
正月十九

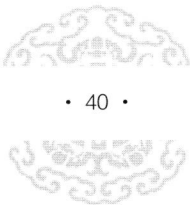

喊　雪 / 路小曼

小雪未雪
每一朵都下落不明
大地的目光多么落寞
冷与冷纠缠不休
兴国禅寺的钟声凝结了黄昏

心的空比眼的空更不可救药
北方的天空盛产旷远与仁义
我和我的诗歌
用嘶哑的声音喊雪
将心中那团火
燃烧，抑或熄灭

多么美
刚开始是六瓣雪
后来是春天

路小曼，中国诗歌学会会员、山东省作家协会会员。

2023.2.10　星期五

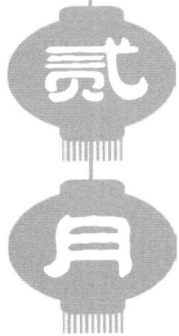

花蕾一层层打开春天 / 孤 城

花蕾一层层打开春天，谁在恩典。
泥土里越冬的万物，谁最先冲开穴位。
生活剩下的，那些钝化的部位。

蜜蜂陷入花粉，被一滴蜜从清晨带入黄昏。
云朵，一天天区分开头顶的风筝以及蓝……
阳光染上草汁味。
飞莺止不住喊出：大地上那么多羊羔
——碎雪的白，散落——被青草一阵风擦没了

天空空空。众神已扮成民间的布衣，逢单
赶集幽会，双日荷犁下田……
放任鼻子这偷运花粉的码头，停靠
随意一小茎春色。
绿卡揣在凡人的内心，通过时光。

花蕾一层层打开春天，谁在恩典。
一朵没有被形容词破坏过的细蕾，在稿纸上，
直接把我喊成—— 一个唐朝剩下的诗人。

孤城，中国诗歌网编辑部主任。

2023.2.11 星期六

癸卯兔年
正月廿一

春日再登终南山 / 三色堇

对着太阳登高是多么不易
凝固的时间就要被我从嘴巴里吐出来
命运已经抛弃了我们？
春天颤动了一下，风亦不再犀利
终南山峰顶
清澈的溪流还在高处隆隆作响
唯一那只金黄色翅膀的山鸟
还在树枝上呆呆地望着我
它肯定认识这个春天，认识那些
已被我们掠走的青苔
其实我们从未把自然从山中带走
我们挪动的只是明亮的寂静
和陡峭的山坡上擎着的最后一抹夕阳

三色堇，原名郑萍。中国作家协会会员，陕西省文学院签约作家。

2023.2.12 星期日

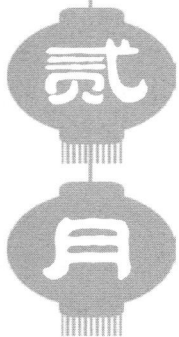

梨花开了 / 吴光琛

起风的日子，我看见
梨花开了，时光是一只
不知疲倦的白鸽，飞越故纸
栖息在我的诗句里，那些
已经无法居住的老院子
成片的梨花嬉笑着
无所顾忌，你站在院墙外
提着目光，细心地照着
归来的小路，没有哪一份记忆
如此感人，在我花白的
胡须里蓄满印记
一朵，两朵……

吴光琛，著名管理学家、优势导向管理理论创始人，广东顺德界外诗社社长。

癸卯兔年
正月廿三

那朵花忧伤地背过脸去 / 幽林石子

又到情人节了。今天
那朵花依然站在原地
距我很远的地方
我看见她忧伤地背过脸去
哽咽着
疫情中的那块土地
有一片血色的黄昏
落在花瓣上

我惦记的博爱的粉色花朵
此刻只在乎苍白的确诊数字
在乎天使们注射的生命力
她看见藏于口罩里的晴天，阴天，雨天
她虔诚地垂下粉红的眼睑
向脚步匆匆逆行的风声
致谢

每棵隔离自己的小草
也都踉踉跄跄扑进春天了
我喜爱的那朵花，她悄悄
抹去脸上叹息的阴影
泪光闪动在花瓣上
打湿芬芳的表情

幽林石子，原名石世红。鲁迅文学院诗歌班学员，湖南省作家协会会员。

2023.2.14 星期二

癸卯兔年
正月廿四

落进二月的一场雪 / 周扬松

一场雪，落进冰冷的二月
落进南方的高原小城
傍晚开始集结的细小的白
随风悄无声息展开——

雪花飘舞、盘旋，在天空涌动又降落
一枚枚纯净的六角形天使
展开透明的羽翼和歌喉
飞翔在洁白的世界，低声欢唱
从地面到树丛，到高高的屋顶
将二月透明的日子覆盖

无比漫长的这个冬天
一场雪的不经意落下
让人间变得柔软而纯粹
尘世的痛，被洁白的手抚慰
这或许是二月最美好的时光
沉默的雪，用一场盛大的光辉
发散着人间的欢喜

一个人，在温暖的火炉边
用一场雪的惊喜和感动
记下小城二月的时光，以及
人世间能够辨认的所有美好……

周扬松，贵州省诗人协会会员。

癸卯兔年
正月廿五

千年之春 / 兰 心

一年十二个月开头的春天
你从古老的东巴经书中走来
在这座千年古寺
落地生根
蜜蜂纵身一跃　飞上海棠的梢头
嗡嗡地告知　春的喜讯
古寺中央的千年古树　十里香
亦从千年前　穿越而来
披着一身洁白　一树芬芳
摇曳生姿　绽放一树繁花
从万物萧瑟的冬天开始
向世人一朵、一朵地绽放
——三世芳华
后山雉鸡和箐鸡　在欢乐地飞鸣
远处茶马古道上的骏马　在欢快地跑跳
不远处田地里的耕牛　在哞哞地吼叫
万物都竞相知道　春到来的喜讯
它们以至高的礼仪
迎接这个　辗转千年才到来的——东巴之春
亲爱的东巴之春啊
这一千年来
谁在等你？
你又在等谁？

兰心，中国作家协会会员、国家高级心理咨询师，东巴文化传人。

2023.2.16 星期四

癸卯兔年
正月廿六

播种者 / 扎西才让

春野如黑色颜料厚重黏稠，
那高峰融雪，也似浊流
将画布上的山水悄然污开。
尖锐而弯曲的树枝上，
是零星的几点绿。

沉默的播种者，暮光
迟早会照亮你红扑扑的脸庞，
晚风，也会抚慰你粗糙的手指，
直到你的女人升起炊烟，
你的狗，从房顶上
看到你的身影大叫起来。

扎西才让，藏族。中国作家协会会员，中国诗歌学会常务理事。

癸卯兔年
正月廿七

树蔸下的春天 / 舒 喆

春天是埋在树蔸下的
每一片远去的叶子
都是指路明灯
枝芽
全部在树叶离去的旧址上注册了
等哪天
春雷刚发出第一声炸响
春天
就会从树蔸下跳上枝头

舒喆，江西人。华语诗歌春晚组委会副秘书长。

癸卯兔年
正月廿八

雨　水 / 孙重贵

东风解冻
散而为雨
亲亲密密润万物
飘飘洒洒吻大地

春雨贵如油
人人须珍惜
今日好雨知时节
明朝丰收尽欢喜

春江水已暖
春鸟处处啼
我欲迎接春姑娘
姹紫嫣红作贺礼

孙重贵，国际华文诗人协会会长，中国大亚湾区诗汇副主席。

2023.2.19 星期日

癸卯兔年
雨　水

　　雨水，二十四节气中的第二个节气，于每年公历 2 月 18 日、19 日或 20 日，到 3 月 4 日或 5 日结束。雨水时节，气温回升，冰雪融化，降水增多。雨水和谷雨、小雪、大雪一样，都是反映降水现象的节气。

天中寺的传说 / 朱思莹

只有天空中
蓝色的波浪说得清
屹立山巅的这座宝塔
喜欢创设什么样的话题
哪一个传说长
哪一个传说短
哪一个传说洁白或者黝黑
都不需要计较
因为这里的春天
与苦短无关

朱思莹，浙江省作家协会会员。

2023.2.20 星期一

雪 / 曹有云

终究
一场雪
又一场盛大的雪
都消失殆尽
无迹可寻

可能
是我们的灵魂还不够干净
词语还不够敏捷
文心还不够虔诚
终究不能挽留住它们——
早已参透天机、无有挂碍的浩茫身心

曹有云，青海省作家协会副主席，《青海湖》副主编。

2023.2.21 星期二

癸卯兔年
二月初二

玉兰花开 / 谭　滢

一些内心的躁动

急不可耐纷纷爬上枝头

步道的两侧分别长着

白玉兰和紫玉兰

白色比紫色的要性急一些

或者说紫色比白色的要矜持一些

它们依偎在一起

像兄弟，像姐妹，更像夫妻

一个落落大方，一个略显羞涩

这美妙的景象，令人怦然心动

它们纷纷举起酒杯

这数不清的白酒杯和紫酒杯

这久违的遇见，任缤纷的情愫

随着微风，沾满阳光的金帛

你能感觉到那，多情的眼神

和踉跄的醉意

谭滢，中国诗歌学会会员、河南省作家协会会员，《牡丹》杂志副主编。

2023.2.22　星期三

癸卯兔年
二月初三

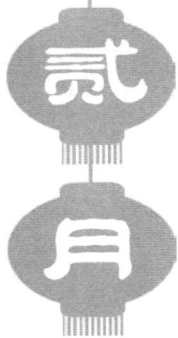

悦 春 / 吴捍东

惊喜 从雪慢慢融化开始
如同在我干裂的心田里
终于有了细雨的潮湿
我看到一支花儿
在树叶头站立
此时此刻经受着寒风的侵袭
遍野的苍绿
充满了对她的敬意
整个世界都在向她致敬

而我
是她的情人
与她耳鬓厮磨之际
倾听她呢喃的细语
感受她醉人的气息
在枯燥的时空
亲吻到有我的欢喜
是啊
贴面而闻得芬芳
是我们彼此骄傲的印记

吴捍东，中国诗歌学会会员，江西省作家协会会员。

2023.2.23 星期四

癸卯兔年
二月初四

早 春 / 周伟文

万物，蠢蠢欲动
枝丫的新芽
嘶哑的溪流
牛圈里，养精蓄锐的牛

小阿妹婚期定在正月初八
嫁妆已经备好
绣在被面上的鸳鸯
蠢蠢欲动

周伟文，笔名阿舟。湖南省诗歌学会常务理事。

早春，一片白杨林 / 幽 燕

我苏醒的花穗并不美，
像试探春天的小舌头
又仿佛我发出的一串又一串不明真相的疑问
银灰色的树干伸向天空
上面布满我成长的疤痕，
酷似我观望世界的眼神
在这里，我收留了众多的秘密和未知
在我身上刻下"我恨你"的姑娘，
是否已远走他乡
靠在树干想心事的中年人
他明灭的烟头是否还在延续
这使我依然看不清这个春天的模样
早春无声地顿了顿并清理沙哑的嗓音
但明媚的好时光还在
它让万物抛弃严冬的荒芜重新开始倾诉
此时，阳光的手正挽起这一片挺拔的白杨林
老人、孩子、一个大病初愈的人，正慢慢走过

幽燕，中国作家协会会员，河北省作家协会会员。

2023.2.25

星期六

癸卯兔年
二月初六

主　峰 / 徐　庶

暮色中，我们相约去攀峰
二月乱花迷眼，溪流扯住裤脚
欲拖住我们往反方向引

总有一些歧途，令我们徘徊再三
而不知所措

蛐蛐说，一条道走不到黑
不如歇下来，自己，就是一座峰

夜色渐浓，再高不可攀的峰也已臣服
一座山躺下来，提灯跋涉的我们
仿佛星星跌倒在山道上
仿佛人间顷刻多出许多主峰

徐庶，中国作家协会会员，重庆市地质作家协会副主席。

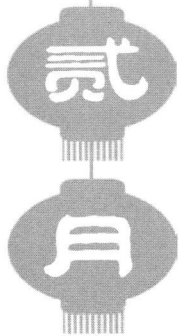

二　月 / 西部井水

二月有太多的话题铺展，榆叶梅看向邻家女孩
倒春寒咽下灰色的村庄，江河解冻和书面之下的
逆流，还有远方即将归来的亲人，前程未卜

我一直告诫自己，要检点脚步、牙齿和不成队形的
文字，保持心跳体温正常，跟随阳光，拿掉阴影
不管和尚是否诵经，一定要鞭策骨头里的一匹马

现在，下了一场春雨，就像你站在高处，回眸
那些逝去的年华和人们，你看每一颗蓓蕾上
挂着新颖的泪珠，是世界更加坚定不移的面容

西部井水，原名杨亚明。陕西省作家协会会员，咸阳市诗歌学会副
会长。

2023.2.27　星期一

癸卯兔年
二月初八

不是在丽江就是在大理 / 伍 迁

不是在丽江就是在大理
你的踪迹不定
我笑玉龙雪山多情
丽江客栈那一夜的温情
也不会随着春天的雪水融化

不是在丽江就是在大理
你的手机不通
我给大理发 E-mail
和崇圣寺三塔互致问候
打开邮箱
却收到一封无法投递的退信

不是在丽江就是在大理
一个人的思念日渐消瘦
他把稿纸撕了一页又一页
决定从昆明转机丽江
或者坐火车去大理

不是在丽江就是在大理
他在网上预订机票
一条新闻赫然入目
泥石流和她的名字
被沉重的记忆覆盖

伍迁，广西作家协会诗歌创作委员会委员，南宁市作家协会副主席。

癸卯兔年
二月初九

春 天 / 陆　健

那一片片雪，雪白。一片片碎，碎片
碎在泥巴地里的天空，和绝望、祈盼
丹顶鹤额上那一抹自由主义的红

陆健，中国传媒大学教授，昌耀诗歌奖获得者。

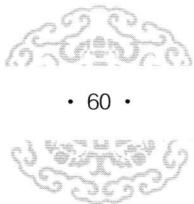

癸卯兔年
二月初十

春天的惊喜 / 高 凯

一头牛
把一只小鸟背在身上
一只小鸟把一头老老实实的牛
踩在了脚下

一只小鸟
把所有的信任给了一头牛
而一头牛用自己结实而温暖的脊背
护着一只小鸟

表面上看去
小鸟欢喜地梳理着自己的羽毛
牛若无其事吃着嫩草
反刍着什么

其实
一只小鸟和一头牛是有故事的
起码那只小鸟是故意的
给了牛一个惊喜

田野里这种生动的生活细节
不仅仅只是一种风景
绝对不是一只小鸟落在一头牛身上
那么地简单

高凯，甘肃省文学院院长、甘肃省作家协会副主席，享受国务院特殊津贴专家。

癸卯兔年
二月十一

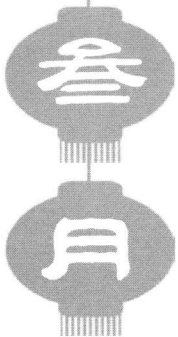

桃花开了 / 谢克强

一阵风从桃林一闪而过
不等风走远
枝头几颗含苞的花蕾
忙露出粉红的笑容

不经意间
我看到这初绽的桃花
艳丽多姿的色彩　美得
令人触目惊心
让春天也艳丽起来

不只是春天
在我浪迹天涯的诗里
也有桃花盛开
她淡淡的清新与芬芳
不知要俘获谁

这时　几个女孩
叽叽喳喳走进桃林
她们似乎比花蕾还要急
急忙脱下身上的羽绒服
在树下摆起姿势

太阳　似知我的心意
一时间　灿烂的阳光下
只见女孩子惬意的笑容
比初开的桃花还灿烂

谢克强，湖北省作家协会副主席，《中国诗歌》执行主编。

2023.3.3
星期五

癸卯兔年
二月十二

室内生活 / 潇　潇

北京的春天
被绿色催促着
地上、树梢
都生长着哗啦啦的春意

一路小跑的春天
追赶着生命
没有一个人
像往常满面春风来到这儿

人们从远方
返回室内，行为
在阳台来回踱步、跳绳
在卧室捶打关节
摇晃脑袋

听雨珠一滴一滴
落在玻璃上
看春天不耐烦地
翻过去一大页

外面的世界都浓缩在窗口
所有的生活
都是室内生活

潇潇，中国诗歌在线总编，闻一多诗歌奖、罗马尼亚阿尔盖齐国际文学奖获得者。

癸卯兔年
二月十三

大运河上听雨声 / 荒　林

你三千岁的春风逆耳
听到的全是无声风景

桃花放大了口形粉红
柳丝吹开了水花冷绿
白玉兰摇动八角铃铛
迎春花舞动金黄项圈

玉带河悄悄送来丝绸
昆玉河撑起荷叶小伞
夜里瘦江南默默丰胸
一座颐和园为她潮湿

荒林，中国作家协会会员，首都师范大学出版社创意研发中心主任。

2023.3.5
星期日

癸卯兔年
二月十四

惊 蛰 / 田 禾

要赶远路，还来不及
出门，空中突然掉下一阵
惊雷。轰隆一声，沉重
的天空，要塌方了

出门的人，像浑身带着响儿
和乌云一起奔跑，一脚踩响
雷声，便吓得惊慌失措
雨不知不觉地就下起来了

惊蛰的雨没有几点
风却大得吓人，叫人走
一步退两步，昏昏迷迷中
走了半天，睁开眼
人还在原地没动

闪电是天空的脚印
云的幻影覆盖着远山
大雨如注，雨水在空中
"交换着雨滴"，落入江河
像一张薄纸上缀满了星辰

滚雷像镂空了一样
发出空洞的响声
春雷响，万物长
河岸要长出今年最好的麦子

田禾，鲁迅文学奖得主。湖北省作家协会副主席。

癸卯兔年
惊 蛰

惊蛰，二十四节气中的第三个节气。所谓"春雷惊百虫"，惊蛰的意思是天气回暖，春雷始鸣，惊醒蛰伏于地下冬眠的昆虫。

惊蛰：万劫不复的美 / 李　皓

这只思念的虫子
又忍不住爬了出来
春风春雨都不是诱饵
你的音容笑貌
撬开记忆的坚冰
每一滴忘情水
都是眼泪的种子

并非每一个疮疤
都来自疼痛
揭开冬天败象丛生的孽障
那蠢蠢欲动的
不再是肉身
是万劫不复的美
是劫后余生无所不在的慈悲

李皓，中国作家协会会员，辽宁省作家协会诗歌委员会秘书长。

2023.3.7　星期二

癸卯兔年
二月十六

我不是女神 / 蓝　帆

三月啊
让我一个人静静地思念
这是最奢侈的时光

请原谅
我不接受三月给我的一个词组
——女神节

我不配这个称谓
尽管我为我的女神写诗万语千言
如果我够女神资格
我的女神　就不会走得那样决绝

如果我够女神资格
我就会赴汤蹈火　把你夺回
让我的女神　安居这个世界

如果我够女神身价
就会给我的女神办一张万能票
任她两个世界往返无隔

蓝帆，四川传媒学院教授，中国作家协会会员。

2023.3.8 星期三

徜徉于律动的春意里 / 和克纯

微风轻轻拂着脸庞

细雨密密落在眉梢

一袭雨意，一脉水韵

寒气走走停停

暖意浓淡相宜

一树浅绿，一片鹅黄

青柳摇曳撩拨眼眸

桃蕊含羞媚人心魂

一重山水，一轴画卷

徜徉于律动的春意里

语言都是多余

惟有慧眼，透过心灵

和克纯，云南省作家协会会员、云南省评论家协会会员。

春天的源头 / 才仁久丁

三江的水汇成了
半个世界的春天
骑着白棕色的马
淌过半个世纪的草原

阿妈说
春天的源头
是一条河流
河边的岸崖
是我回家的路

才仁久丁，藏族，青海青年诗人。

2023.3.10 星期五

春天飞上天空了吗 /蔡 静

五彩的风筝飞呀飞，
是想和白云握手吧？
可爱的小鸟追呀追，
是想做白云的发卡吧？
杨柳扬起眉毛，
是要和彩霞媲美吧？
小花小草抬起头来，
揉了揉惺忪的睡眼。
奇怪地问：
春天飞上天空了吗？

蔡静，辽宁省作家协会会员，中国寓言文学研究会会员。

2023.3.11 星期六

癸卯兔年
二月二十

回 乡 / 罗 晖

又到了春天　在那长满绿色的坡上
石头又年长了一岁　它翘首等待
镇子上的花开得多美
不知不觉　都结出了乡愁

有时间一定要回去
说着说着
一转身　头发都白了

都变了
只有桥下那条小河
它年复一年养育着我们的小镇
仍然让我亲近
在不远处的荒山　多了许多坟墓
父亲也躲到了里面
就算到了清明
也不肯出来与我相见

转过一个弯
见一位年轻的母亲在慈爱地呼唤
看着看着　就成了我的母亲
这时我就会光着腚
从小河边飞快地往家里跑

罗晖，广西桂林人。《中国诗歌选》主编。

2023.3.12 星期日

井冈杜鹃谣 / 黄文忠

遍布于五百里罗霄山脉
孕育在漫长的腊月寒冬
一朵，两朵；一丛，两丛
如锦，如虹；如火，如霞
装饰了一座座山岭，一处处悬崖
灿烂了一个个村庄，一张张笑脸

柔韧的杜鹃花啊
燃烧的杜鹃花
从杜鹃山到江西坳，煌煌烨烨
从黄洋界到井冈冲，万山红遍
如火如荼的九十余年前
浸染了无数烈士的鲜血

斑鸠来报春消息
先唱一支杜鹃谣
江南二月美
杜鹃花又开

黄文忠，江西省作家协会会员，《井冈教育》主编。

癸卯兔年
二月廿二

梨　花 / 刘芝英

只需轻摇几下雪白的枝条
梨花就把红尘
推到了万丈之外

想远离红尘
就只有依靠这一片白茫茫的梨花了
看上一眼
就足以清空你的内心
仿佛一片白雪
将红尘全部覆盖

刘芝英，云南省作家协会会员。

癸卯兔年
二月廿三

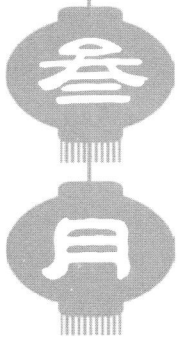

三月，对一束光的顶礼膜拜 / 怡 霖

三月，我对一束光的顶礼膜拜，
远胜对神灵的敬畏。
一束光从不问白天黑夜春夏秋冬，
不问唐宋元明清不问红橙青蓝紫。
一束光，直来直去，不偏不移。
一束光，不亢不卑，无怨无悔。
一束光，锐意进取，勇往直前。
一束光，清清纯纯，安安静静。
一束光，温温柔柔，兢兢业业。
一束光，干干净净，坦坦荡荡。
一束光，照亮了心境，明媚了情怀。
一束光，洗涤了污浊，温暖了世间。
一束光，不贪婪权贵门庭不冷落平民百姓。
一束光，赤胆忠心，不会欺名盗姓。
一束光，克己奉公，不会助纣为虐。
一束光，顽廉懦立，不会口腹蜜剑。
一束光，鞠躬尽瘁，不会趋炎附势。
一束光，气吞山河，不会虚与委蛇。
一束光，永垂不朽，不会敲骨吸髓。
三月，我敬畏一束光，远胜于神灵。

怡霖，中国作家协会会员、中国散文学会理事，福建省青联委员。

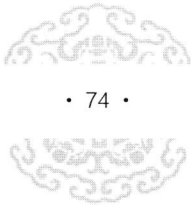

癸卯兔年
二月廿四

2023.3.15 星期三

三月，一条逆水而上的鱼 / 张冬青

桃花如雨
一条逆水而上的鱼
遵照母亲的嘱咐
赶在清明之前
到雪线之上的崖壁去产卵

每一回向激流瀑布发起的冲击
都是一次幸福的交尾
都有无边的快感和战栗
尽管连绵阵痛遍体鳞伤
不知道季节有多远潭水有多深

她听见花朵次第打开的声音
梦见筋疲力竭赤裸苗条的自己
通体舒泰
躺在雪花遍地的岩草丛中
被一只苍鹰凌空掠起
带往更高更远的天际

张冬青，中国作家协会会员，福建省作家协会原秘书长。

2023.3.16 星期四

癸卯兔年
二月廿五

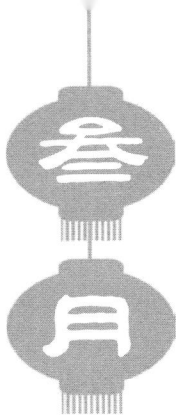

少女的桃花 / 曹　谁

少女行走在深夜的大街上
她看着路边桃花的花骨朵
巨大的夜幕要将她吞噬
少女在大街上独自起舞
少女在巨大的魔鬼的嘴中起舞
她在拨弄着魔鬼的牙齿
遗世独立的少女
冰清玉洁的桃花
你们本不属于这个时代
少女在夜幕前起舞
少女的舞步越来越快
魔鬼的声音低沉幽暗
少女行走在京城的大街上
桃花的花骨朵多么可爱
背后是巨大的黑幕
你们赶紧离开吧

曹谁，中国作家协会会员、中国电影文学学会会员，多次获国内国际诗歌奖项。

2023.3.17 星期五

癸卯兔年
二月廿六

将春色放进茶中 / 马文秀

一轮明月，勾兑
双井茶的前世今生

在修水我们试着采摘
春天的秘密
将莺歌燕舞放进一杯茶中
在茶汤中遇见历史
在唇齿间回味汤色

遥远的传说
藏在采茶人的双肩
一杯茶携带苍翠
让季节流转
从此岸到彼岸
清茶一杯便可度过喧嚣

马文秀，回族，青海人。中国作家协会会员、中国诗歌学会活动部
副主任。

桃花笺 / 吴子璇

天晴了
桃花盛开

为我打开
一个新世界

吴子璇，广东省作家协会会员，惠州经济职业技术学院教师。

2023.3.19 星期日

癸卯兔年
二月廿八

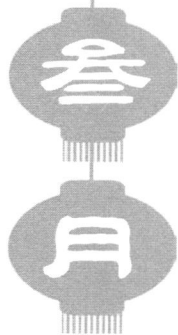

春风斩 / *高作苦*

春风里有零落，无法弥补的缺陷
当窗外桃花、李花相继盛放，泪水
也在暗暗蓄积，像你我陷身往事
并烫伤乡村枯死的部分

那些长眠于大地的人，比我们
活得更有尊严，更无拘无束
当你在野外跑累了，杂草会收下田埂
失踪多日的雀鸟又会敲打春天的枝头

多少年过去了，我依然不肯老去
不肯就着一粒鸟鸣、几杯浊酒
映照你蜿蜒向南的春色。回来吧
重新带给我野猪般的新鲜哀嚎

你破绽百出的陷阱，是春风
无暇顾及的一方小小净土

高作苦，中国作家协会会员，《南方诗人》主编。

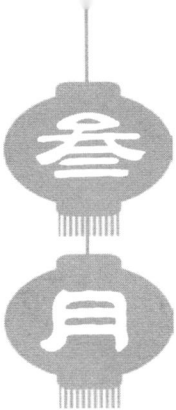

春 分 / 林 琳

众鸟归来，山冈上
啾啾的声音明亮
荠菜花开
温暖接踵而至

天黑了，天又亮了
日子被平分
草木内心柔软
总喜欢节外生枝

雨水淅淅
渗透曾被冻僵的土地
潮湿的气息
将生命滋润得生机勃勃

麦子俯身，席地而起
枝叶合着土地的脉搏
优雅舒展，情绪张扬
一节比一节高昂

林琳，《香港文艺报》社长、主编，西北大学国际诗歌研究中心研究员。

2023.3.21 星期二

癸卯兔年
春 分

春分，二十四节气中的第四个节气，于每年公历 3 月 19 日至 22 日交节。春分在天文学上有重要意义，南北半球昼夜平分，自这天以后，太阳直射位置继续由赤道向北半球推移，北半球各地白昼开始长于黑夜。

桃花汛 / 熊国华

铺天盖地的桃花
就这样奔涌着怒放着
哪怕只有短暂的花期
也要把压在世界心头的寒夜驱逐

熊国华，中国作家协会会员，国际华文笔会主席团成员。

2023.3.22 星期三

桃花谣 / 郭　卿

我赶着春风去看你
赶着鸟啼去看你
赶着一路的山山水水
一树梨花一溪月去看你
看你是否在桃花坞里
独坐或醉眠
听你低吟浅唱
一曲桃花怨
等我赶着北方的三月去看你
赶着一群飞燕去看你
赶着桃之夭夭
帘外桃红去看你

郭卿，中国诗歌学会会员，山西省作家协会会员。

癸卯兔年
闰二月初二

茶船所泊的春月 / 鱼小玄

江水碧湍，喜食茶籽的山鹧
茶田、寨子、涧雾、艄公、骤雨⋯⋯
春水汇春江，采茶人从春山而下

"采茶哟，一箩叶一箩芽"
"泊船哟，一船月一船纱"

我们下船上了茶寨
我买了布头帕，松开辫子
折了梨枝，要你给我盘发髻

梨枝上浅浅春华，如轻霜薄雪
水急山高，寨子小小
后山茶园降着露水

一只只船从雾川拢岸
老阿婆用瓦壶煮茶，茶汤中
沸着时间漩涡，她唱叨旧茶歌

"阿哥哟，溪水清清溪水长"
"阿哥哟，我没忘记你模样"

鱼小玄，江西赣州人。广东省作家协会会员。

我想抓住春风 / 卢　彦

一年一度的温润，
寒冷过后的再一次萌动。
像苏醒的春蚕，
敲开陈年的躯壳蜕变更生。
我渴望吸吮春的气息，
享受青春向上的从容。
闭锁宅家的日子，
苦闷和静处交织。
禁足增加了肚腩的赘肉，
书页慰藉了呆板的魂灵。
向往梦中的一池碧波胜水，
心中高耸千峰万壑的激越豪情。
让寒意的猖獗悄悄溜走，
开怀揽入春光赐予的无私馈赠。
我要大声地呼唤
春风的感召融天汇地，
春的世界是梨花胜雪万亩青葱。

卢彦，辽宁省作家协会会员，辽宁省诗词学会副秘书长。

2023.3.25　星期六

癸卯兔年
闰二月初四

一只燕子，停留在屋前 / 康　泾

一只燕子，停留在屋前
做巢。忙碌的羽毛打湿几根梁子
它是安顿下来，还是度过一个寒冬
然后飞回过去？我相信
它是有家室的鸟。它衔泥，浪费唾液
只是因为不能停止思考
如同必须心跳才能证明存在
在即将到来的冬季
燕子停止飞翔，我猜
它已经厌倦与同类争吵
那就再等等吧。清晨，我将出门
如果它还没有醒来，我将
心甘情愿留宿它，直到新鲜阳光
照到我们湿润的脸上
只要它的叫声不再加剧
陈腐与阴暗
我会简单，自由，不顾一切
度过这个夜晚

康泾，中国作家协会会员，浙江省桐乡市作家协会主席。

癸卯兔年
闰二月初五

樱 花 / 马培松

你是害羞还是害怕
你是红艳还是惨白
你是爱还是拒斥
每当经过你的窗下
我是找一个借口留下
还是装着若无其事的样子
轻松走过

马培松，中国作家协会会员、中国诗歌学会理事，四川省作家协会诗歌委员会副主任。

2023.3.27 星期一

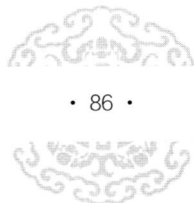

癸卯兔年
闰二月初六

春天里的美人茶 / 武 斗

这是春天的一个序曲
大仙峰云雾叠着云雾
溪水荡漾着溪水
挺削的你
站在高山上　眺望
仙人已飞升
受孕的女人留了下来，漫山的茶林
思念永无止境
孤独是一抹白毫　深入骨髓
经历了蝉虫与月光的缠绵
从黑夜到日出　包括你怀中释放的幽香
清晨对着苏醒的万物喊
来这里　且饮一杯美人茶

武斗，原名林急闽。中国诗歌学会会员。

春天再临 / 林江合

我们会再次听见春天的消息
在春天暗淡之前，街道把自己敞开
猫。迟迟没有打出来的一声哈欠
我们会反抗，但是在盛大的春天
满怀欣喜聆听寂静里传来的每一声
——树叶摇动的声音
太阳抓皱天空的声音
疲惫的
早上好！
在早晨还未苏醒的四点
但是在盛大的春天，
我们用大海一样的愤怒把自己蓄满
春天的消息不会延迟
在无人的街道上，在无人的碧绿里
生命不会反抗死亡
我们反抗自由，比配给的阳光更怜悯的自由
在这个盛大的春天。

林江合，清华大学学生，中国作家协会会员，海南省青年作家协会副主席。

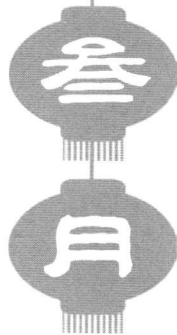

春雷 /语泉

闪电，将沉睡的梦
撕得支离破碎
凌晨四点多的春雷
滚过长长的夜空
突然，惊天炸响
吓哭了大地

屋里的灯亮了
风猛烈地打开窗帘
阳台上的衣物
冒着哗啦啦的雨
摇摇晃晃地躲了进来

雷声像硕大的石头
掉进心河
飞溅的浪花
是否冲漏破旧的老屋
是否惊颤沉睡的父亲

语泉，原名谭廷勇。中国诗歌学会会员。

2023.3.30 星期四

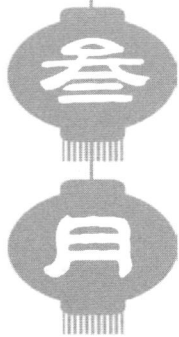

春来了 / 多　木

春来了
一切该发生的
都将迎春发生
比如燕舞莺歌
比如面朝大海，春暖花开
一切该赞颂的
也都将得到赞颂
比如雨润如酥
比如桃红柳绿
我还有什么可说的？
只能暗自庆幸
我的亲人们
又熬过了一个严冬
我们的生活
又变得温暖，明亮，轻松
告别了种种
灰茫与沉重。

多木，原名覃昌明。广西省作家协会会员。

癸卯兔年
闰二月初十

冶仙塔的四月 / 盛华厚

四月一日，我关机躲进冶仙塔以防被人愚弄
并发愿和我一样诚实的人 12 点前不要睡醒
不要梦到查理九世和他的革新派，拿着
假礼品对我们说有一场真情等待我们醒来
更不要梦到冶仙塔的鸽子在头顶盘旋
那一定是诺亚放出的白鸽对我们进行试探

站在冶仙塔顶，我用湖南口音朗诵道：
"踏遍青山人未老，风景这边独好。"
但我老了，遇到踏青的女游客竟无任何邪念
我像个爱不动的人搂着发情的母狗感慨万千
到了晌午，我像只报晓的公鸡伸长脖子用力
打了一声响鸣，让真睡和装睡的人一起苏醒

四月的冶仙塔上，一对老夫老妻在模拟初恋
漫天遍野的小情侣都举手发着相同的誓言
走在四月的太阳下，没有人让我像林徽因
一样暖暖地说："你是人间的四月天。"
没有人打算在整个四月里和我发生点什么
我切开自己分给众人，直到切得捏不起自我

盛华厚，山东夏津人。北京檀都书画院执行院长，《天涯诗刊》执行主编。

2023.4.1 星期六

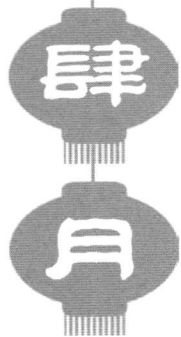

四月的天空 / 李自国

河谷上走单骑的云朵
抚摸出质感的灵魂
草木在人间荒芜
乌鸦的时光缝隙里
坐着一排残冬的侏儒

阳光如一枚金币
如何在春神早餐的旷野里
得到片刻地安息
我的泪花凋落成梨花
纷纷扬扬出轻声的咏叹

一夜春风将树叶分离
豢养的蜘蛛，已所剩无几
它们在我内心织的网
一圈又一圈，带来迁徙鸿雁的归途

这是四月的天空
绿叶抚摸过多少人间的春梦
遍地月光，让人世安详
神在看四月，四月在看神

李自国，中国作家协会会员，《星星》诗刊原副主编。

2023.4.2　星期日

癸卯兔年
闰二月十二

鸽 子 / 冉 冉

布谷啼鸣中
鸽子飞出了苞芽。

最顽皮的那只
飞出一小块岩石。
石头开花是它的梦，
这会儿它是自己的果实
披着灰色的锦袍。

它喜欢瓦灰的华美，
昼与夜的中间色——
即便是飞上了云端。
不像某些亲眷，
一靠近梨树就变白，
如果飞上樱桃树，
红得简直像皇后。

从石头里出来的，
它结实的腿脚，发烫的
趾头和附趾，穿越
坚硬时空的翅膀……
它要奔赴邈远的天际。
那永久的巢穴，正发出召唤

冉冉，重庆市作家协会主席，中国作家协会全委会委员。

2023.4.3 星期一

癸卯兔年
闰二月十三

清明前夜 / 胡 锵

听不见窗外雨中的哭泣
外面只有路灯并没有人
窗外可以有多近就可以有多远
那里一定有人在夜里真实地哭泣
传过来可以传过来的
人类的哭声可以空中接力
传过来了小于窗外的雨声
只小于雨声更何况今夜窗外雨大

胡锵，江西婺源人。江西省作家协会会员。

癸卯兔年
闰二月十四

清 明 / 林 莉

正是春意盎然时节

油菜开始结籽

田野里，几个农人在割红花草

也有的在翻耕新地

种上花生

远山隐隐，高低起伏

从这朴素的山水间走过

行人怀古远思

牧童和一个杏花村

以及消逝的先人们

重现心头

之后

电光闪

桐花落了一地白

细雨中，生长和消亡同样从容

藏着一个更豁达的境界

林莉，江西上饶人。中国作家协会会员，华文青年诗人奖获得者。

癸卯兔年
清明节

清明，二十四节气中的第五个节气。一般是4月4日至6日之间的日期，不过最常见的日期是4月4日和4月5日，其中4月5日清明节最多。清明节，是从古代至今中华民族最为隆重盛大的全民式祭祖活动，属于缅怀先祖、追溯前人的节日，是具有丰富的文化内涵的。主要习俗为扫墓祭祖、踏青、拔河插柳、吃青团（清明果、糍粑）、踢蹴鞠、斗鸡等。

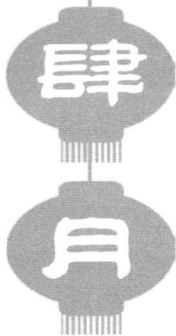

梨花辞 / 李 斌

白云落在山头
犹如女儿坐在父亲肩上
都是整个天空的重量
一夜春雨激活村庄所有密码
梨花开满了春风
沿高速路疾驰
陈述春天最洁白的诺言
诗人们在梨树下
吟诵自己最满意的歌
放下锄头的听众
当热闹看都觉得费时间
因为他们遗传的基因是耕作
就像梨花的寂寞
在农贸市场成为远去的背影
当女儿成为远方的风景
诗人们成了喧嚣的背景

李斌，《星星》诗刊编辑部主任。

2023.4.6 星期四

癸卯兔年
闰二月十六

春 眠 / 吴投文

春日的美学是在纸上
画一条河
流到拐弯处有鸟鸣
有人坐在岸边瞌睡
像千年不醒的如来

越走越远的人
带着魂魄
有时歇息在树荫下
喝一口黄酒
朝远处看月亮边上的炊烟

吴投文，文学博士、诗评家，湖南科技大学人文学院教授。

春 山 / 倮 倮

尤其在雨天
着芒鞋，穿僧衣，打一把油纸伞
一人，或者三几人
在山间小路上
不疾不徐

几丛杜鹃从一笼翠绿中探出头来
打招呼
红着脸，不说话
雨下得恰到好处
不大不小，不聒躁，不潦草

雨声中
几只窃窃私语的鸟儿
几个行人
慢慢
变绿

整座山林
更空了

倮倮，原名罗子健。中国作家协会会员、中国诗歌学会会员。

癸卯兔年
闰二月十八

春天是一个动词 / 阿　雅

在漫山的细语里，你可见到了
那小小的，白白的牙齿和嘴唇？

在三月，风吹皱了江水
吹奏着桃花、李花、梨花……
风也停在我头顶的黑与白上
喜悦的、忧伤的气息
成为那些牙齿和嘴唇的美食

春天的山野，浩浩荡荡的沙沙声
都是醒来的流水，她们翻身，睁开眼睛
她们伸腰，把自己打开、装满
再一点点开成花，开碎

她们和光线一起，把游人从画卷里泼进、拔出
轻轻应和，扑面的歌谣和溪水

是的，她们还带走了太多的一生
那漫山的寂静
春天是一个动词，而你和我
是动词之间那个小小小小的
一个停顿

阿雅，原名单宇飞，原籍辽宁。出版诗集《水色》。

2023.4.9
星期日

从村庄走过 / 邓醒群

春风从远方吹来，阳光收起最后一束光
原来，来时路已经不是归时途

村庄，暮色。田园的秧苗正在成长
蛙声一片。往事如歌，烟囱飘不出百年前的炊烟

小河的水沿着弯弯的河道，向远方流去
自由自在，经年不息地滋润着万物

老牛喘着气，走过石街
踏、踏的蹄声，它想用这样的方式唤醒

沉睡着的祖先灵魂。轮回的尘世在不经意间
否定，肯定，去伪，存真

针针见血，隐藏的光泽
能见度，不在于表面，而这个村庄

我见到夜幕下的瓦面，有着厚重的光影
繁星照耀，村庄一片宁静

邓醒群，广东紫金人。中国作家协会会员。

癸卯兔年
闰二月二十

等待一场春天的革命 / 蔡　淼

等待一场春天胜过一场革命
那些冰雪逆流将被新事物代替
一些赶往春天的漫漶的绿
整个地质开始新的运动方向
或龟裂或爆炸或离析
土腥味儿从脚下冒出
春天大部队的号角

那些被推往前线的新绿
迅速汇合　形成一股不可逆转的力量
从低海拔开始突围
而后农村包围城市
野卉的色彩将驱散雾霭和黑暗
群鸟的鸣奏将挂响在天空
那是为春天的凯旋在歌唱

蔡淼，中国作家协会会员，新疆喀什地区作家协会副主席兼秘书长。

分娩春天 / 郭栋超

土路上一个孕妇走过
路窄了　道温润
她不是墙壁上的神像
也不是达芬奇的画中人

踏草而行
一个春神

太阳如铜　染上她
发际眉梢笑意
衣袖裙摆施施然
沾着晨露　带上酥雨纷纷
是春天分娩了她
还是她分娩了春天

郭栋超，中国作家协会会员，河南省诗歌学会理事。

2023.4.12　星期三

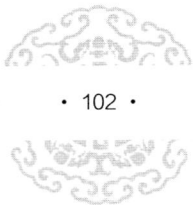

癸卯兔年
闰二月廿二

河西四月 / 马萧萧

我看到蓝天，是一页写满白云的贺电
太阳是一枚新刻的军用公章

我看到单人哨所，是扎在山上的小针管
山的脸色，正由白转红

我看到雪峰的流线下、戈壁的穴位里
每一阵风，都是一壶正在开封的烈酒
一个能平雕、线雕、浮雕出蓬勃意象的高手

春，春天，又在这古边塞诗的故乡
把我的双眼当作战斗靴，穿在它乱蹬的脚丫上

马萧萧，湖南隆回人。中国作家协会会员，《西北军事文学》主编。

四月的忧伤 / 若 离

时间在走，路上不见行人
每天足不出户，活成了一面镜子
树影在动，心却一动不动
心最美的样子，大概就是死心
四月，有花，有雨，有烟霞……
这些都是我昨夜梦中途经的诗国
拥有那么多，为何却丢失了快乐
回武汉的这些天，日子像是静止了
这样也好，或许可以避免一场突如其来的灾难
我最爱的油菜花
不知是否还在乡下安然无恙地绽放
如若四月还有一份惦念
我想待疫情结束后
一个人在油菜花海里睡上三天三夜

若离，湖北人。中国诗歌万里行形象代言人。

2023.4.14 星期五

癸卯兔年
闰二月廿四

胡　杨 /谢方生

那坚硬的铜枝铁干
坚守着大漠的春天
恶劣的生存环境
把伟大的英雄群像
塑造得生动丰满
活着，与日月星辰恋爱
一千年情话绵绵
死了，威严地挺立
一千年无声地呐喊
倒下，紧抱着大地
一千年玉体不烂

谢方生，广东省作家协会会员，广东顺德界外诗社副社长。

春天的憧憬哔哔啵啵 / 唐成茂

2023.4.16
星期日

在望不到头的远方　春天的树上结满
我们普通人的节日
瓜果都有金色的呼唤
雪白的诗笺上写满　雨做的云朵

双脚行走在大地上的人
铜锁锁不住爱情
羊皮筏子载得动洗白的故事
载不动许多离愁
上帝怜惜着土地　和土地的儿女
土地和土地的儿女　并不知道
上帝贵姓　想被历史留住的人
历史不会记住他们　历史翻阅线装书时
翻不到奸臣

我渴望美梦给我美丽的翅膀
我有鲲鹏的志向　对我而言
生命的长短都有闪光的意义
我的希望　都在路上
怀想开黄花　苞米长胡须
雨水怀着月亮的孩子
春天的憧憬　哔哔啵啵
日子都有想头
生命没有尽头

唐成茂，中国作家协会会员。

癸卯兔年
闰二月廿六

绿 雨 / 唐德亮

一滴好雨在天空改变了颜色
化身一条条绿绸
一挂挂绿瀑

好雨知时节
它们选择春天的某个时辰
扑向大地人间
唤醒种子的惺忪睡眼
复活树木葱茏的绿梦

绿雨洒在湖上
溅起一片绿色的音符
白鹭低飞　流光曳影
将湖心岛变成一座绿岛
幽幻，神奇，如同一艘绿船
在湖面徐徐航行

一滴好雨从天空坠落
带着一个季节的嘱托
纤细，温婉，柔情
水袖青衫，古典隽永
润物无声　一滴绿雨
洇成一首唐诗
被天地珍藏
被春鸟反复吟唱

唐德亮，中国作家协会会员，广东省作家协会诗歌委员会副主任。

癸卯兔年
闰二月廿七

四月，北京的胡同 / 楚荷子

四月，北京的胡同
越来越窄
窄得挤不进一丝晚来的春风

一片树叶，便能举起一个黄昏
一滴湖水，就能把月光擦亮

一首慕名而来的诗句
在胡同里徘徊，不肯离去

这个四月，我要做的全部事情
就是　倚身于一方明代黄花梨案几
端坐于几声镂空的鸟鸣

信手　摘下几朵阳光
别在左侧的耳鬓
然后

静看　一片青瓦，如何坠入红尘

楚荷子，湖北公安人。毕业于武汉理工大学。

2023.4.18 星期二

癸卯兔年
闰二月廿八

四月的雨 / 牛国臣

四月的细雨打湿了春的心情
悲伤的云模糊了祭拜者的双眸
潸然的泪水抒写着无尽的哀思
光阴流不断血脉
诀别的记忆述说着心灵深处的断肠
多少个寂静的夜晚　昔日笑语碎落一地
深深的思念煎熬着忧伤

清明　古人与今人的阴阳桥
生者的祈祷走进亲人的期盼
逝者的欣慰化作流霞的微笑
在这个温暖的日子
祭扫亲人　缅怀先辈
鲜花香烛　经语拜祭
化成一封封寄往天堂的家书
穿越时空隧道让先人与后人尽情对话

天国的亲人啊
苍穹茫茫光阴不能复制
却挡不住存储的印记
就让我们在两界间
共同举杯　醉饮一场
对故人的奠念　是生者心里永远的暗疾

牛国臣，中国远洋海运作家协会副主席，天津海韵诗社社长。

癸卯兔年
闰二月廿九

谷雨夜 / 周 簌

风的侧影在窗下，它们清凉的手指
在我的锁骨上散步
我总是在这样的清晨醒来
然后复闭上眼，让它们飞一会儿
离别、背叛、痛失、末日……
仿佛经历着另一种，完全不一样的人生
幻像与噩梦，一晚接一晚袭来将我折磨
可是，相对枯竭平凡的生活
延绵的噩梦也胜过一夜安眠

来吧，夜晚
摘掉我繁密的枝叶，时间的果实
请黑暗以奔流，将我覆没

周簌，江西崇仁人。中国作家协会会员，华文青年诗人奖获得者。

2023.4.20 星期四

癸卯兔年
谷　雨

谷雨，二十四节气中的第六个节气，于每年公历 4 月 19 日至 21 日交节。谷雨是反映降水现象的一个节气气，谷雨节气后降雨增多，空气中的湿度逐渐加大，非常适合谷类作物的生长。

一株紫杜鹃 / 戴逢红

我吃杜鹃花的嗜好，是从妹妹入土后开始的
妹妹长眠的冈上没有花，猪屎花也没有一朵
而妹妹多喜欢花呀——花朵一样的妹妹
冈上疯长的芭茅、楠竹、枸杞和牛粪草
是蚂蚱、毒蛇、老鼠、屎壳郎们的最爱
我只吃花，大口大口地吃，为发出杜鹃般的悲鸣
早日嗑出鲜血，染红荒凉的土地
我揣度这名列本草的花朵
若是也让妹妹吃，她是否就不会凋谢
经幡招展的山冈弥漫悲情，每年清明
我们的心情都灰沉沉的，像枯黄泛白的芭茅
直到今天，一株映山红历史性地
出现在山冈，虽然只有一株，似乎稍显单薄
但这是个好的开端，值得记录和期待。尤其它的花色
不是普通的玫红和淡粉，也不是罕见的黄与白
而是奢华的蓝紫，像引领春天的汹涌绿意

戴逢红，中国诗歌学会会员、中华诗词学会会员，江西省作家协会
会员。

2023.4.21 星期五

癸卯兔年
三月初二

· 111 ·

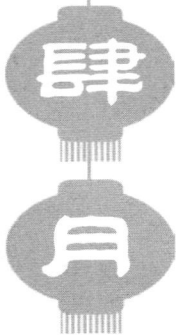

在春天，我模仿不了自己的声音 / 谢小灵

绿的发丝在头上飞舞

春天自有你不可见的尺度

花朵闪着光，适得其所的人

却可能错过按照块茎理论

很多人的过去开着教条花朵

当然，苏格拉底还没有长出新的面孔

花朵向阳向天空而且四肢着地

飘零的花盖住苏格拉底的锁骨

与此同时，苏格拉底沙发下面石板地

恶之花于深处寂静开放

鱼在平原上的九个故事

走进晾干的雨天

得勒兹告诉我们

不能只看到所有的树叶轻轻摆动

孤独的雾色有时睡在村子的草屋顶

金色池塘在春风里抱住鱼身的每块肌肉

像对婴儿那么单纯，没有偏见和傲慢

一年将要到来

一个船夫，从山那边

拉出一条养育多年的船只

谢小灵，中国作家协会会员，广东科学技术职业学院教师。

2023.4.22 星期六

癸卯兔年
三月初三

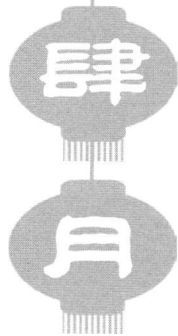

中山公园 / 杨章池

红叶李已经飘雪了，杨柳
才摇摇手臂，长出新的指甲。
船划江津湖，涟漪泛起腥味
摆拍群众头一回扮成雕塑：
仙鹤专注舞姿，鹿负责远眺
吼猴一不留神吼出真声。
从铁丝网外撒下的面包屑让
五只火鸡打成一团
孔雀独立秋千架，眼含不忍
我必须道歉，我也有一位这样的朋友
在四月的空气中颤抖，在 30 年前
预留的这个春游中。
必须有石楠污秽的气味：
一个男人醉于音乐而舞姿过于妖媚
不得不被匆匆路过的长吻鸟叫破。
二人的、三人的小船，从不同方向
画出同心圆
而摇椅上的人们一动不动。
从钟声中漏下来的阳光
把我们照得干干净净

杨章池，中国作家协会会员、湖北省文艺评论家协会理事，《荆州日报》总编辑。

2023.4.23 星期日

癸卯兔年
三月初四

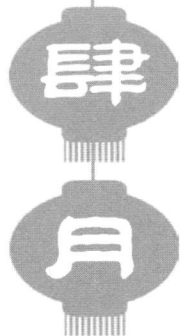

春雨中 / 羊 子

奔突的生命在缓缓行走，
扬花的玉米在默默灌浆，
一代代人走过的禹碑岭的路啊，
把我带到丛云的深处，
常年的雪山需要看见我的忠诚。

层层绵绵，从河谷升腾在雨中的云，
轻轻拍打我的双肩含笑来去。
走吧，深埋钢筋水泥中的孩子，
你的胸膛就是这雪山苍茫千古的爱。

滴滴的旋律是咚咚的心跳，
嚓嚓的脚步是朗朗的方向，
雨点朝下，雨点深吻饥饿的根须，
雨点甜蜜苹果的滋味，
雨点完美握紧锄把的羌人的心。

向上，春雨丛中的我，
步步高升着海拔，接近一种可能的神话，
诗的培育，与世界的等待。
伴云升腾的我是雨中开放的兰。
把心打开，我盛装从天而来的哗哗甘露。

羊子，原名杨国庆。《羌族文学》主编，享受国务院政府特殊津贴。

癸卯兔年
三月初五

等风来了 / 弭 节

用眼神留住四月的常青藤
结成花的种子寄给远方的风
等风来了，我就开始旅行
去结识全世界的人

如果要写一封信
我会把春天写进笔迹
邮寄给你，等待你的拥抱
等待风里开放的花

一路走来，看向山海深处
我身上没有收信的地址
春天将要过去
等风来了，我再苏醒

弭节，原名李洁。江西省吉安市作家协会诗歌委员会秘书长。

2023.4.25 星期二

癸卯兔年
三月初六

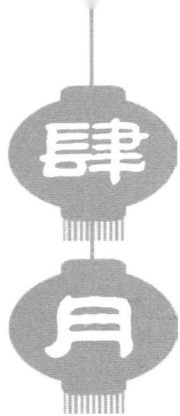

春风在群山间呼喊 / 谷 语

春风在群山间呼喊
洒下恩泽，洒下甘露
细雨的手指抚摩大地的关节
滋养丰腴的草香

有人沿着溪水走向山外
明亮的影子接受梦的指引
油菜在四月里受孕，渐渐响亮的
绿色，如叮当的翡翠

一朵鹅绒花，正享用它的春光
把灵魂舒展，晾晒在草坡
这多么幸福
渐渐来临的阴影也不能阻碍

谷语，四川省作家协会会员，甘孜州文艺评论家协会主席。

2023.4.26 星期三

癸卯兔年
三月初七

春天的晚餐 / 南洋子

两菜一汤。简简单单
真香。春天的晚餐
餐盘里有整个春天

秧苗刚插下去，稻米的浆香就出来了
艾草刚钻出来，叶子的药香扑鼻而来
椿树刚迈开步，嫩芽引颈歌唱
榆木餐桌上，跳起了舞蹈

老榕抖落御冬的黄袍
春天踩着鼓点
如期赴约
芒果花疯长，一夜之间
裸露自己的饱满

木棉花红，紫荆花艳
趁着风铃花未谢
李靖和红拂决定夜奔
天边月朦胧

南洋子，自由写作者，出版过诗集《南洋子诗选》。

2023.4.27 星期四

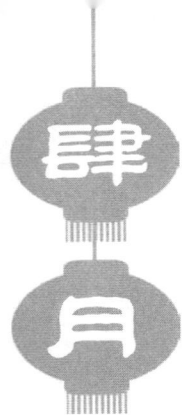

我的游思绿了十里湖岸 / 灵岩放歌

由不得自己　一阵春风掠过
掠夺了我的一缕游思
骑着雷鸣电闪侵城略地
湖岸长着黄胡子
湖水泛着绿衣裳
长堤上一个身影孑立
仰望万亩泽地
晚霞西斜　小巷清幽
一个声音在召唤
归去来兮
我的游思绿了十里湖岸

灵岩放歌，中国诗歌学会会员、中国唯美诗歌原创联盟创始人。

癸卯兔年
三月初九

夏天近了 / 张绍民

无花果树嫩叶贴出新邮票，
把邮票贴在春天尾巴上。
春天尾巴摇啊摇，
夏天近了。

夏天近了，
春天尾巴摇啊摇，
把邮票贴在春天尾巴上，
无花果树嫩叶贴出新邮票。

张绍民，湖南益阳人。多次获得全国诗歌比赛第一名。

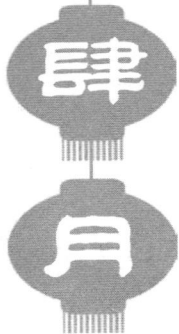

映山红/宝 蘭

不同的时间，同一块大陆
爬满了山坡的映山红
把春天染成了
那个时代最瞩目的号角

这么多年我从未忘记
那一簇簇花开，让人心碎
青春的记忆
这些无法隐喻的红
有多少个词不能被贫血的时代说出

真理和江山对话让我看到了
悬崖上火焰的边界
有种力量一直在引导着我们
攥紧剩下的岁月
把所有的赠言放回一朵花里

宝蘭，中国作家协会会员、中国诗歌学会理事，《特区文学·诗》主编。

2023.4.30 星期日

癸卯兔年
三月十一

五一节回老家 / 左 清

五一回家，车一路疾驰，
耳旁风呼呼作响。
一时还没有蝉声，
风景处处好像夏天。
心在山和云影间移动，
身上如背着生活的壳，
一到中年，
人便如同有了归心的鸟。

左清，江西永新人。中国诗歌学会会员、武汉大学珞珈诗派成员。

癸卯兔年
三月十二

五月的惠山寺 / 安娟英

惠峰九曲，宛如九龙
北坡精华风雅娴静
泉水轻流千回百转
1600 年前一缕清香
在日夜环绕祈福

古韵悠悠松涛声声
四大金刚恍然相对
方池金莲热烈地开放
一次次展现盖神咒幢
闻名浩瀚星空"天下第二泉"
御碑亭神奇悠久的历史

五月的惠山古寺
总没预料春至夏初的今天
会结缘一群才子佳人
为江南第一山独特的石门文化
所有奇石、灵洞、名泉……
输入新奇的意境和灵感
一篇篇诗文彼此轮回诵读
直接惊醒施墩遗址的旧梦

安娟英，中国作家协会会员，华语诗歌春晚副总策划，《中华诗园》主编。

癸卯兔年
三月十三

2023.5.2 星期二

海棠花开 / 彭惊宇

我院前新植的海棠树开花了
那点点深红的花蕾含苞绽放，灼灼生姿
宛如豆蔻女子的芳唇在微启笑语
这是癸巳春月赠予我的一个嫣然奇迹

我院前新植的海棠树开花了
那点点馥郁簇生的鲜妍红蕾，欲说还羞
而我竟也刹那拥有一颗初始的慕恋之心
怦然驿动，深情化作温热的血在汩汩涌流

我院前新植的海棠树开花了
谁人默然伫立，聆听她春深似海的寓言
谁人深嗅着海棠花，执迷于她绰约的芳菲
大地的春神降临了，阵阵熏袭这静寞的人间

彭惊宇，中国作家协会会员，《绿风》诗刊社长、主编，昌耀诗歌
奖获得者。

树和人们越长越高 / 安海茵

五月，每一棵树都观感新鲜
叶子耐心告诉我它们的名字
并且要我记住这
先是辛味、而后彩绘的长风

此时紫花地丁刚好盖得住
低洼处的苦熬
小鼓手犀利剖开了上弦月的迷阵
看啊，树和人们都越长越高
越长越高

安海茵，黑龙江省作家协会全委会委员，哈尔滨市作家协会副主席。

2023.5.4 星期四

癸卯兔年
三月十五

点地梅 / 张映姝

我们说好要挑战自己
从起点，回到起点
天的山下，天的池边
博格达峰在前，灯杆山在后
暮春的风，从海南吹向北边
山不动，水不兴
我们是移动的风景
星星点点的野花，仿若时光的
挽留。你在那块石头旁流连
甚至坐了一小会儿。我还是痴迷于
那些如影随形的小白花
山路蜿蜒。我们回到了起点
走的却是另一条水路
后来，你幽幽地说，那块石头
隐藏着你，年少时的爱恋
我正惊诧于那些野白花
迷人的花语——相思
相思也是环形的，那么
还有什么不值得我们感恩

张映姝，新疆维吾尔自治区作家协会副主席，《西部》杂志主编。

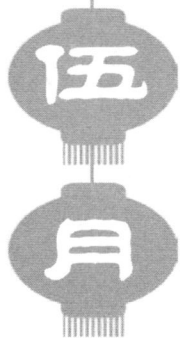

立 夏 / 漆宇勤

深山闻鹧鸪也闻小兽慌乱的爱情
夏天即将开始却并未到来
远远的踢踏之声给人错觉又让人紧张
蝼蝈嘶鸣怯场于鸟雀啼鸣
世间的草木都在铺张浓绿
贪恋温柔的人，你的春天尚未走远
开过的花依旧美着
吹过的风依旧软着
热切的日子即将和你拥抱
潮热的土地上蘑菇如同村庄的耳朵
偷听一些什么又迅即将它遮蔽
等待身着细花衣的少女前往采摘
她那雀跃的天真让春天的末尾美出新的高度

漆宇勤，中国作家协会会员，江西省作家协会理事。

癸卯兔年
立 夏

立夏，二十四节气中的第七个节气，夏季的第一个节气。于每年公历 5 月 5 日至 7 日交节。立夏后，日照增加，逐渐升温，雷雨增多。立夏是万物进入旺季生长的一个重要节气。时至立夏，万物繁茂。

插　秧 / 张端端

草帽在田间劳作
在大溪乡，第二波秧苗
像娃娃头顶的小辫。
嫩绿的秧苗在水田挺直小身板
人们低头、弯腰修整这些小辫
深夏的乡间，鸟儿、蟋蟀和水蛙们
成为活跃的积极分子。土楼的大门敞开
亲戚们坐在老旧的木椅上聊天
收了野菜的农妇进来纳凉
从小路望去，柿子青釉的皮肤
发出希望的绿光

张端端，福建惠安人。福建省作家协会会员。

五月　多像一块浸在时间里的琥珀 / 徐丽萍

五月多像一块浸在时间里的琥珀

它浓烈　是浸泡在岩层里的火

它恬静　密谋着一场惊心动魄的暴动

我又一次在五月穿行

晴朗或阴郁　盛开或凋零

这变幻莫测的季节

让我的心靠近或疏离

那些潜伏在命运里细微的爱

拍动翅膀　闪烁着光茫

这令我心醉神迷的五月啊

用谎言或真心　把自己装扮成另一番景象

我就在它的近旁或远处

用显微镜的眼睛打量着它

五月　令人怦然心动的五月

我发现这被造化打磨的稀奇的琥珀里

藏着一座异彩纷呈的宝藏

徐丽萍，中国作家协会会员，石河子作家协会主席，《绿风》诗刊
副主编。

癸卯兔年
三月十九

五月速写 / 王黎明

如果脱掉毛衣依然显得臃肿
那么　你可以穿得更透明一些
裙子可以再短一些

（你看杨柳的腰肢多么柔软）

如果连丝袜、胸罩也显得多余
你为什么不试一试
皇帝的新衣？

（你看鱼在水中从来不穿衣裳）

——连含苞待放的花朵都知道　美
无须掩饰　只要一点羞涩就够了

还可以把儿童打扮成天使
让木偶的长腿跨过围墙
欢叫的蝌蚪甩掉了尾巴

（你看蝴蝶的泳装多么性感）

还有那些新栽的树苗
一头飘动的短发
身披绿茵的体操选手列队上场

（你看它们踮起足尖挺起了胸脯）

——迎风而来的一群面孔
挟裹着不可阻挡的朝气

王黎明，中国作家协会会员，山东省作家协会首批签约作家。

2023.5.9　星期二

癸卯兔年
三月二十

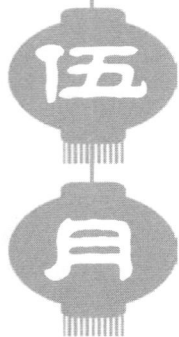

花　事/一　梅

五月的石榴花
艳得让人不忍拒绝
全开的，半开的，还有星光般的榴花包
都在风中摇曳
盛开在枝尖的那朵
就像要凑过来的红吻
而脚下的小木槿
颜色就淡了许多
开着五瓣的浅粉
隐匿在浓密的绿叶中
优雅地战栗

她们在初夏里互相致意
欣喜地打量着这个世界
在她们眼前
我有时似乎并不存在

而她们也互不嫉妒
我到来时。只要我欢喜
可以自由地选择任意一朵
向其吐露星光的心事

一梅，原名易敏。湖南省娄底市作家协会会员。

2023.5.10　星期三

癸卯兔年
三月廿一

回家的路 / 慕 白

五月即将结束
故乡和远方都变得清晰

瓜藤上架，杨梅红了
太阳将热情洒在向日葵上
江渚停着两大一小，三只白鹭

飞云江水低垂
高山隆起，秧苗下地
这回家的路，越来越近了

慕白，浙江文成人。中国作家协会会员，华文青年诗人奖获得者。

癸卯兔年
三月廿二

九仙岭 / 王彦山

为了这次遇见
我准备了十三年

米粮铺的橘子开花挂果
又是十三个秋天

外湖的菱角浮上水面
四个后生和小舟周旋

春风漫过富华山
麻辣小龙虾已经装盘

傣味火锅牛百叶烫熟
大雪落在了 2008 年

机车一次次发动
还乡之路已阻断

甘露寺的钟声撞响
惊动一池的清眠

羽绒服包裹的博阳河
流过我们的少年

王彦山，山东邹城人。江西省作家协会诗歌创作委员会副主任。

2023.5.12 星期五

癸卯兔年
三月廿三

还会有更大的雨 / 王 妃

我急匆匆走过去
又退回来
我知道头顶的乌云不散
还会有更大的雨
枝头石榴花每一朵坠着的
水滴都颤颤巍巍

还会有凋落
已经躺在草丛里和路基上的
花托和花蕊
多么像一团尚未熄灭的火

我看见灰烬
看见石榴花盛放即是打开伤口
看见艳丽的速朽和腐烂

王妃，安徽桐城人。中国作家协会会员。

清 晨 / 胡少卿

五月的鲜花
马路上升起的音乐

每一朵都像绸片
可是，诗人说：花重锦官城

布谷鸟叫了
拉开一个深远的平原

其他的鸟呢喃不断
整个城市含着绿色的雨云

拖出椅子准备工作

不能像你一样肆意
不能像你一样简明

胡少卿，对外经济贸易大学中文学院教授、硕士生导师。

癸卯兔年
三月廿五

清凉开始在林子里穿行 / 张 隽

立夏了
清凉开始在林子里穿行
好多地方不想去了
在一棵树下坐着
一些日月
从茶里开始

太阳一天天火热
山上的茶
就苦起来了
泉水的声音
山风的味道
都是，慢慢的

张隽，湖北人。茶业经营者。

2023.5.15 星期一

癸卯兔年
三月廿六

如 故 / 第广龙

在城里头
能闻见各种花香
只有在五月
只有槐花开了
蓦然闻见
心里动了一下
不由寻过去
一嘟噜一嘟噜的洁白
总会联系起曾经吃过的
舌尖那么大的甜
和那陈旧岁月里
一缕缕纯净的清新
更换多少场景
依然如故

第广龙，中国作家协会会员，中国石油作家协会副主席，西安作家协会副秘书长。

癸卯兔年
三月廿七

春风十里 / 李林芳

整个下午，都用来比喻海了
五月的八大关，海边的"地质之光博物馆"
石砌的小楼，泛着青灰的色泽
写给大海的截句，通过话筒，撒向天空——
像奔马。像麋鹿。像台风肆虐，一头咆哮的豹子
像安放在半岛的一把椅子……
海平面不动声色，以一片深蓝
做了这一场诗歌雅集的背景

一个下午，我都坐在那里
像一个农妇，守着大海，我的半个院落
春风十里，我只给你们打开了
一道小小的缝隙

李林芳，山东省作家协会诗歌委员会副主任，青岛市作家协会副主席。

万亩杜鹃 / *海清涓*

我的伤痕，将军的伤痕，太子的伤痕
不能给大娄山看，不能给乌江看
只能，只能给杜鹃看

杜鹃很节制，杜鹃懂安慰
更重要的是，杜鹃不会告密
万亩杜鹃，万年如一日
为我们的曾经守口如瓶

1500 米的高度，杜鹃的真
20 度的温度，杜鹃的善
亿年的时度，杜鹃的美

朵朵白云，丛丛殷红，层层紫霞
年复一年绵延
茶仙妹妹，心上的茶仙妹妹
我有多爱你，身体里就有多少朵
杜鹃盛开

海清涓，原名刘莉。中国诗歌学会会员，重庆作家协会会员。

癸卯兔年
三月廿九

我要去的地方 / 孙大顺

我走得很慢，要把二十年的时光
均分在路上。时间像石缝间的小草
在我的记忆里寻找出口。我不能确认
再次成为，这条水泥路的一部分

一切都变了样，又似曾相识
一座拆了一半的老房子，还在苦苦寻找
自己另一半。一定有隐秘的花草
还认得我，隔着零乱的记忆
我还能找到它们存活的乐园

五月，行人，车辆，借枝条摇动的风
都是虚幻的背景，人间增加了
崭新的磨损。我和一块熟悉的水塘
都在努力，适应新的空缺
突然有些迟疑，我怕在要去的地方
会遇到一个不一样的我

孙大顺，安徽怀宁人。中国作家协会会员、中国自然资源作家协会
诗歌委员会委员。

2023.5.19 星期五

癸卯兔年
四月初一

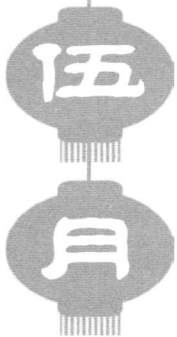

我也有过这样的一条河流 / 唐益红

我也有过这样的一条河流　你信不信
有过细雨微风中的身姿摇曳
有过碧水青山间的张狂与疯癫
可以素挽白裙　可以轻撩衣襟
我也有过一次四月的加冕
拥有一条河流独自的歌颂

也许还不仅如此
我还见过五月的薜荔猛然跌落
见过它在绝壁上独自地坚守
用十年的沉默换取今日的葳蕤

我要把河流收匿在我的笑容中
就像所有的营盘洲都会被无数的河流冲刷
却永远不会藏敛波涛一样
河流可以将它们带走
河流可以将它们一一安抚
河流可以将它们一眼看尽

我也有的　我也有过
一条小小的河流
之前，曾经是我全部的力量
现在，我是力量的全部

唐益红，中国作家协会会员，湖南省诗歌学会常务理事。

癸卯兔年
四月初二

小 满 / *方雪梅*

城里长大的我
以为小满是一个长辫子的乡下女子
绾着头发从日历上走过
告诉我　五月石榴花才红
杨梅挂着青青的果子
枇杷尚未抵达明黄的层级

我等待了一个冬天
想把奔向金秋的路拉直
一枝涩涩的淡紫色苦楝花
横过头顶
像岔路口不许超车的警示牌

慢行总是从容的
可以低头回望
可以发现
我行走的脚力
还在青草的根部
等待　成熟

方雪梅，中国作家协会会员，长沙市作家协会副主席。

2023.5.21 星期日

癸卯兔年
小　满

　　小满，二十四节气中的第八个节气，也是夏季的第二个节气。于每年公历 5 月 20 日至 22 日交节。小满之名，有两层含义。第一，与气候降水有关。第二，与农业小麦有关。这个"满"不是指降水，而是指小麦的饱满程度。

花儿与泪水 / 施 展

迎风绽开的蔷薇花高攀在寂寞的藤上
郁金香在泥泞中随意凋败

玻璃窗外，总有和云站在同一高度的泪水
酝酿着，如何降下雷雨一样的忧愁与无奈

似乎是，玫瑰的花期早已过去
绿叶飘摇在弯弯曲曲的小径
惊雷炸响，万物肃穆，
大地问，生命能不能盖住死亡？

谁在缅怀着五月，谁已忘记了四月？
我不敢触碰你，在惠特曼出生的季节
有谁在聆听大地爆发出古老悠长的谶语
不要用沉默掩盖真相，不要用生命隐瞒死亡

施展，北京师范大学文学院中国现当代文学硕士研究生。

癸卯兔年
四月初四

五月，阳光刺痛我的目光 / 贾录会

我站在时间之上
惬意地活，自然老去
默然驿动的心底
把烦恼打成结，数着
年轮，试着把疼痛
说给夏天，刚一开口
一缕阳光就刺痛我的眼睛
瞬间，擦过双目的衣袖
顷刻湿了，这时
我想起了家
想起了娘

贾录会，兰州市作家协会会员。

2023.5.23 星期二

癸卯兔年
四月初五

五月，在萧三巷读诗 / 金指尖

南宋的萧三公活在解说词

和黄家族谱里。以萧三公命名的萧三巷

活着七里诗乡的精彩

有风有雨，是七里诗乡采风时

诗人们与萧三巷最大的巧遇

细雨穿巷而过

它们不识诗人面，只在日久月深

写着巷名和介绍起源的木牌上

画下自己的脸谱

像记忆里的智者把沉郁的思想赋予

萧三巷让我们

对着宁静说话，说古朴意境牵引时代智慧

从荒郊走向现代家园

而柳风农民诗社的诗人们

以木板以为纸，把诗行整齐地挂在墙上

借互形之美

弥补大地的悲悯

金指尖，原名周剑波。四川省诗歌学会副会长，《四川诗歌》主编。

2023.5.24 星期三

癸卯兔年
四月初六

五月的荔波 / 蓦 景

山色在初夏的荔波暗了下来
绿荫接天连地，开始堆砌绿色的王国
明黄、浅绿、淡绿、墨绿
像油画一般弥漫着色彩，层层叠进
树影铺满小七孔的桥面

五月踢踏着微醺醺的风
仿佛古老的青石桥，也在遥遥回应
布依少女的裙摆转出彩虹
仿佛神话里的天使，流落在人间
拉雅瀑布从天空流出乐曲

水上的乔木唤醒沉睡的鱼
连天的碧玉，从亿万年前喷薄而来
它们咚咚地拥挤着，争先恐后
打开了温润的笑脸，就像
流落，人间的天使

蓦景，贵州省作家协会会员，贵州省诗歌学会理事。

2023.5.25 星期四

癸卯兔年
四月初七

五月里 / 林杰荣

过了四月，我已不再是少年
花草淹没早春的歌声
阳光长大了，影子长大了
一片绿叶黏在天空上

我在雨水里洗得干干净净
同时，爱上黑夜里的光
那些卑微的虫鸣
最适合当一辈子定情信物

而落日更直白，为一切都卸了妆
心里有火，天空就有颜色
此时飘过的云朵像一枚时针
在春天总是走得很慢
我没有听到钟声，草尖上的露珠
不断抖落着世俗的风霜

林杰荣，浙江宁波人。浙江省作家协会会员。

2023.5.26 星期五

癸卯兔年
四月初八

初 夏／葱 葱

已是初夏了
我举起一片滚烫的阳光
眼睛的潮红
别被人看见

倘若伤感是开向你的列车
让生根的想念帮忙拨开迷乱
多少年了
一颗挂满青苔的心
把井边的风景填了又填

经我刻痕的时光
都多了一尾忧伤

葱葱，原名张益聪。四川富顺人。

夏日山水间 / 贾　丽

为了看看爱的辽阔
我们来到田野上
明亮的光线中，心已化蝶
所有的花朵似乎都为我们开放
整个人间
似乎只是我们小小的爱巢
我们可以一起飞
一起栖息在山水之间
有日落
有月升
有时光可以慢慢度过
有轻言慢语
可以叶子一样相互摩挲
这时候，我已忘记了所有的痛苦
这时候
欢乐像一条不会中断的林中路
一直通往夏日的深处

贾丽，山西省作家协会会员，中国煤矿作家协会会员。

2023.5.28　星期日

癸卯兔年
四月初十

夏日一瞥 /宋安强

裁下夏天的一角
储进记忆

从不担心
它的枯萎

因为有你
在梦里保鲜

宋安强，山东人。中国民主同盟盟员。

癸卯兔年
四月十一

错过春天 / 杨映红

沿着往事，走进五月
我是你丢失的风筝
风卷起尘埃，童话里的文字复活
补缀这个季节的空缺
收起思念的翅膀，潜藏梦里

我像一颗被上帝遗落的露珠
沾满花粉，落在松针的缝隙里
催醒枯木上寄生的绿植

掌心再一次重合
再一次接骨，续命
这个春天，错过不是神话

杨映红，纳西族，云南丽江人。云南作家协会会员，中国散文学会
会员。

2023.5.30 星期二

癸卯兔年
四月十二

夏　梦 / 四　月

蜗牛的壳点缀了火热的颓墙，
木槿花赤裸着　褪去最后一层羽纱。
阳光刺眼　如飞散的金箭，
射落了十七岁的两颊上绯红的果子。

花团锦簇的灿烂，
包裹在紫色的睡莲的心里。
天空被烧出了一个窟窿　河床干枯，
夏天在蒸腾的空气中渐渐沉没。

我想起了一个细雨纷飞的夜晚，
月亮曾轻轻地坠入过荒芜。
还有那耳边的轻语和岸边的灯火，
闪烁在未曾命名的时光的乐章。

四月，原名顾春芳。北京大学艺术学院教授，《樊锦诗传》作者。

2023.5.31 星期三

癸卯兔年
四月十三

六月无餍 / 林　雪

六月无餍，一群海鸥
在远处的老港惊叫纷飞
一阵暴风雪如爱降临
在一间废弃的木拱上坐下
对自己低语道
应该写下一首诗
在幻觉和诺言之间
她再次低语
应该写下一首诗
瞧，在那亚麻色深渊里
升起的海岬和深意
生活啊！多么忧伤奇妙
于是她写了那些砂砾的韵律
水草或海带的质地
在海水和沙滩中仿佛无以穷尽
那波浪——深信着，呼吸着
多么幸福

林雪，鲁迅文学奖得主。中国新诗学会常务理事，辽宁省作家协会
副主席。

2023.6.1 星期四

癸卯兔年
四月十四

来雁塔之问 / 李少君

万亩荷花，十里垂柳，随处竹林
如此风光遗产，还剩多少？

半池月色，一泓清水，数点蛙鸣
何等闲适心态，还余几分？

吟两句诗，抚一曲琴，养一夜心
这样的隐逸君子，还有几个？

情似湘江，顽如石鼓，固若衡岳
此等节操胸襟，当下何处可觅？

年少时在南北各地行走，怀此疑问
现如今东洲岛上船山书院或可解惑

李少君，《诗刊》主编，武汉大学珞珈诗派代表人物之一。

2023.6.2 星期五

癸卯兔年
四月十五

月季之约 / 齐冬平

六月在山腰上
一壶酒　浇灌
绿皮火车咆哮着
站台上依依惜别

离别是六月的痛
裹紧莽撞的青春
仰望着山峰
一个人默默地攀爬

是这个季节了
月季花开败在碎语中
一瓣瓣香气中迷失
二分钟　一个世纪的尽头
春夏秋冬里飘零
挂在墙上的月历牌
一朵鲜艳的月季
穿越跨世纪的风霜
仍未褪色　凋零
一滴泪珠　弥合
颜面撕裂的缝隙

齐冬平，中国作家协会会员，中国冶金作家协会副主席。

2023.6.3 星期六

陆月

癸卯兔年
四月十六

夏之秋千 / 杨清茨

秋千至

庭院明畅

昨夜雨歇，南风吹

栀子花开的馥郁

端的都是白玉素净之颜

秋千有琉璃明亮的顶

大地之色的木体、扶掖

还有三两浅淡抱枕

白云之上，走过一只只苍狗

槐荫之下，有小雀、斑鸠的轻啄

还有喜鹊的审视、鸽子的闲庭

我的小女儿，十一岁不到

已是少女亭亭的初样

她必要稳坐秋千的中央

双手揽住扶箕

小鹿般纯净的眼里必有星子之璀璨

夏荷之清凉及

长风之深爱

杨清茨，中国作家协会会员、中国文艺评论家协会会员、中华诗词学会会员。

2023.6.4 星期日

癸卯兔年
四月十七

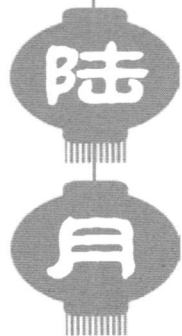

芒 种 / 茗 乐

走向田野
金色弥漫开来
稻麦飘香
在仲夏的季节

蝉鸣展翅
呼唤消融的夏天
如风的岁月
轻盈绕过栀子花开

缕一泓碧波
沿蜿蜒的山径
悠然自在
月色静静地流淌

茗乐，经济学硕士，广东省珠海市海韵诗社社长。

2023.6.5 星期一

癸卯兔年
四月十八

芒种之画

——题宋人吴炳画作《嘉禾草虫》／陈　墨

小满之后，是一个人满满的布局。

在留白的空中低飞、舞蹈：
红蜻蜓、黑蝴蝶、花虻相互穿插，
他们栖息，让静止的事物越来越多。

水稻，径自插入更多生长的空隙：
根部无声工作，露水在中间吐露
他们的因果关系，是付出与获得的。

这六月画框，就像水墨那样饱满的心田：
它知道，宋人把他的写生画架支撑在
陌生的地方，画出了我最为耳熟的蛙鸣。

陈墨，原名陈尧伟。中国作家协会会员。

癸卯兔年
芒种

芒种，二十四节气中的第九个节气，夏季的第三个节气。于每年公历 6 月 5 日至 7 日交节。"芒种"含义是"有芒之谷类作物可种，过此即失效"。这个时节气温显著升高、雨量充沛、空气湿度大，适宜晚稻等谷类作物种植。农事耕种以"芒种"为界，过此之后种植成活率就越来越低。它是古代农耕文化对于节令的反映。

芒种短歌 / 王 京

请相信，我和风一起
都在追着时光赶路
它路过故乡，它贴着大地
深情抚摸麦田

请相信，我和云一样
总是念着落地生根
时而高远，时而低垂。都是
为大地讨要更多的雨水

请相信，我本田间一株麦苗
胸怀朝圣之心
从躯体里捧出饱满的收获
从泥土中长出满目金色

请相信，我是天空一声鸟鸣
用一声声回声，丈量
和乡村的距离。寂静的阳光下
一棵树，一条河，都是熟悉的风景

请相信，我把故乡放在掌心
只需一缕阳光，这些河流
沿记忆的脉络，很善意地滴落
故乡，就安静地流过心头

王京，陕西西安人。资深企划文案，自媒体运营编辑。

癸卯兔年
四月二十

萱 / 安 琪

别处萱草已开花
你们犹自亭亭。亭亭更美
如此超尘绝俗，含苞欲放
含苞更美，微风中轻轻摇晃的身子
有的沐浴阳光，有的沐浴阴影
一年四季我看着你们枯得不见
又露出小硬茬然后便是夏日的
青绿盎然，你们遵守着时间周期率
亦可说时间跟着你们的成长跑
很快
我的小区将有一条金黄色的蝴蝶
一样花的通道，那是你们
在六月将尽时盛放！

安琪，原名黄江嫔。中国作家协会会员，中国诗歌学会常务理事。

2023.6.8 星期四

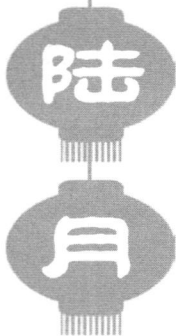

夏　天 / 牛庆国

当青一朵　紫一朵的
苜蓿花　呈现出大地
内心的疼痛

当刀伤般的河流
泥沙俱下　带走我
最初的爱情

当一枚苦涩的青果
在树枝的独木桥上
拼命奔跑

当一个人独坐黄昏
像一颗果实的核
一个夏天
就这样跌入黑暗

牛庆国，甘肃作家协会副主席，甘肃省文史馆研究员。

癸卯兔年
四月廿二

六月荷花 / 真 真

我走过了四季却走不出你的清香
我放弃了梦想仍看到你抖动的翅膀

在这静谧的长夏里静卧如藕
空心是大地对我最大的恩赐

摘片荷叶宛如摘下一片天空
让水珠滚动成诗
在天地间荡气回肠，有如你的梦

在中午淡香的荷塘边沉睡
静若湖中盛开的莲

真真，原名吴真珍。广东省作家协会会员。

2023.6.10 星期六

癸卯兔年
四月廿三

六月的镜子 / 秋 池

六月消瘦地站在镜子前
灰蒙蒙的面容
便在淅淅沥沥错落有致中跌下
那声响异常清脆地弄花了镜子
也弄花了窗外湖水一贯的平静
六月的心情有了起伏
一浪浪地打湿了
水岸边那叶嫩红伞下飞扬的裙角
笑靥像一面旗帜在迎风飘扬
山乡里的青春
一排排奔跑过六月和六月的镜子
六月的消瘦
开始在镜子里慢慢融化
依旧会淅淅沥沥地落在烟波浩渺里
一缕缕地去追逐山乡那宽厚的倒影

秋池，原名刘晓晖。四川凉山州文艺评论家协会会员。

2023.6.11 星期日

癸卯兔年
四月廿四

六月雪 / 陈小平

他们说我在童年的院坝见过六月飞雪

可我对此毫无印象

既没有摸过，也没有在梦中出现过

我只记得那个院坝的花台上

有一簇棋盘花，其花硕大

在夏日的骄阳中鲜艳夺目

教小学的母亲扯开嗓子唱山歌

院后是一片竹林，院前是一条小溪

朝哪边看都赏心悦目，开心无比

真的，我没有见过六月飞雪

我翻遍了前后留下来的所有照片

看到的都是挥霍与母亲共度的时光

——那些充满慈爱、温暖、安全的空间

随着母亲辞世而到来的时代

再没有一个院坝属于我们

2023.6.12 星期一

陈小平，四川师范大学教授，四川师范大学诗歌研究中心主任。

癸卯兔年
四月廿五

澳门六月 / 王珊珊

岸边，黑脸琵鹭飞了千百年
飞到澳门，甘愿
成为红树林的一部分
白鹭也来到澳门
栖息成一只只椰子

斑驳的云，风掀开黛色
栏杆露出木质纹理
玫红色三角梅和我一起
顺着水面涟漪走
乌云倾斜过来，压于靛蓝西式屋顶

月亮和星星都躲起来的夜晚
穹顶细微变幻着
肉眼不可见
但每一只光源，都能在水中
找到它自己的影子

风不动的时候
天地就静了
湖面以沉默对抗诋毁
蚊虫急着叫来夏天
给水边的蛙鸣制造浪漫

王珊珊，云南昭通人。现为澳门大学计算机科学在读研究生。

2023.6.13 星期二

癸卯兔年
四月廿六

白堤绿荫 / 姜敏达

白居易真是妙手
把断桥与西泠桥连接
一条白色的丝带
飘逸在西湖水光波影之中

岸边垂柳，嫩绿新上
露草芊绵，积黛聚翠
恰似一块绿色的地毯
连着天空中舒卷起来的
重重叠叠的白云

一幅初夏淡墨山水画
尽收眼底

我的幸福就在于这里：
每天
迈着白居易的步子
从画轴上走过

姜敏达，浙江省作家协会会员。

2023.6.14　星期三

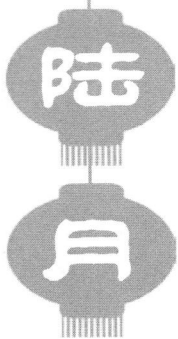

盛夏，青天掉下一块碧玉 / 茶山青

盛夏之中，大地青一色绿
以铺天盖地霸主气势
大胆孕育一脉相承绿色生命
以至整块大地绿得沉醉
美如青天掉下一大块碧玉
眼神厉害见识就不一样
你见盛夏的雨丝丝绿绿的
两场三场落下来
枯黄的大草原就绿浪掀天
荒凉的一些大峡谷
大树站不稳足根的陡坡
没有立足之地插足之缝的峭壁
都会被雨泼绿淋绿
站起来的草举旗摇旗鲜明
草是绿的摇摆绿的旗帜
阳光下，整片草原
整面山坡，整条峡谷
都绿得光鲜烂漫秀气炫耀
树林满山的绿浓厚
绿油油绿，郁郁葱葱绿
是碧玉上浓得化不开的绿
亲爱的，来大理
你掀开云雾，苍山就是这样

茶山青，云南省作家协会会员。

癸卯兔年
四月廿八

我的身体里种着一垄小麦 / 三　泉

麦浪滚滚，
我的心一下子热起来。
我身体里的小麦，
弥漫着喘不过气的香味儿。

我看见麦地里的她，
缓慢地弯腰。太慢了。像我的母亲
几十年过去了，
还停在那一弯腰的缓慢里。

这块地也太小了，它还没能从八十年代
转身。
只有镰刀，配得上它的精致。

我的身体里
种着这样一垄小麦——
一定要一轮八十年代的太阳
才能把它催熟；
一定是边段庄的麦芒，才能把我的手和背
刺得痒疼。

只要风暖起来，
麦浪滚起来，
我的心就有一种绷紧的幸福感……

2023.6.16　星期五

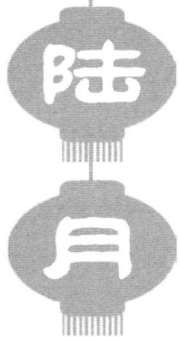

新加坡东岸公园之偶遇 / 凤 萍

市井的街道充满炊烟风情
诉说城市的脚步与激情
林木静静，落叶簌簌
乌鸦和鸽子与居民共存
每一次飞跃也不惊扰游人

我看见母子三人骑行
落下的女孩露出落寞的笑容
搂抱后的笑容露出洁白的牙齿
椰子树上也挂满金色的欣然
在海风里迎接下一段精彩

夏季灿烂着辉煌的时间
离去的岁月和故事
将是一种绝交式的凋零
越远越好，新的启程
带着夏日必胜的意志前行

一排排椰树挂满金黄硕果
为整个海岸增辉添彩
提色只为心中的王朝壮行

世态尽管炎凉
我依然喜欢在海边行
有大地和海洋对脚步的祝福
只要别停，别停心中的梦想
沧桑就无法把我击打成殇

凤萍，中华辞赋学会会员，江西省作家协会会员。

2023.6.17 星期六

癸卯兔年
四月三十

父亲节，我走进画中 / 干天全

彩色渲染的草原

你陪我眺望前面的雪峰

与稼轩看青山的感觉不同

温馨代替了妩媚

清风云淡散去壮怀激烈

那轮悬在天边的红日

没有朝阳与夕阳的区别

只是圆圆地红在空中

凭直觉，那是你的全部心愿

你希望自己不要长大

期盼我不要变老

世界有许多震撼灵魂的名画

唯有你为我画的这幅写生

是我年轻的理由

干天全，四川省写作学会会长，四川大学教授。

癸卯兔年
五月初一

夏日的鹿角湾 / 李东海

一群一群的麋鹿
走过南山肥沃的草场
作为聘礼，它们把鹿角留下

一年一年的风
吹过南山苍翠的云杉
作为记忆，它们把松籽留下

一代一代的牧民
扎起毡房，他们把生活的炊烟
一缕一缕地点燃

鹿角湾
珍藏着岁月的黄金
把牛羊牧放成了星星点点的白银

鹿角湾
流淌着淙淙的山泉
把沙湾养育成肥美的牧场

李东海，中国作家协会会员，中国文艺评论家协会会员。

癸卯兔年
五月初二

夏　日 / 吴丝丝

清风柔软
落日香甜
这一日白昼最长
风如少年
每一朵白花都是炙热的神灵
在火焰的围城
为心呼唤纯白之地
当你路过它
心是否轻颤
汗水是身外之物
唯有滚烫、剔透的心
可以吻散云烟

吴丝丝，苗族。中国少数民族作家协会会员，上海作家协会会员。

2023.6.20 星期二

癸卯兔年
五月初三

夏　至 / 彭世团

天不负夏至，
点燃一切，
森林，土地，工厂，
精神与内心。

人的影子被碾压，
心有不甘却无力回弹。
空气燃烧，
把红霞挂满了天空。

青蛙洗了温泉，
累，在荷伞下睡。
荷花吐香，
采莲女采了抱回村子，
一梦香甜。

等待一场雨，
把世界的焦急抚平，
又担心疲惫的河流四溢，
担心疲惫的山岭垮塌。

蚊子却是天不怕地不怕，
追逐着生灵，
蜻蜓欢快跟随，
让整个世界平添灵气。

彭世团，中国驻越南大使馆文化参赞。出版中越对照诗集《走过河内》。

癸卯兔年
夏　至

　　夏至，二十四节气中的第十个节气。于每年公历 6 月 21 日至 22 日交节。夏至这天，太阳直射地面的位置到达一年的最北端，几乎直射北回归线，此时，北半球各地的白昼时间达到全年最长。对于北回归线及其以北的地区来说，夏至也是一年中正午太阳高度最高的一天。

2023.6.21　星期三

端午抒怀 / 丘文桥

门上的艾青，深邃的诗意
和风俗一样
没曾见过的汨罗的水
却激荡了二千多年
神圣地烘托赛龙舟的鼓点，风雅颂
不如温一杯雄黄酒
不如与一江的悲悯和泪滴
不如波澜浩荡
一气呵成　魂去来兮

那个久远的士大夫
让沉底江水的石头明亮
由风解开峨冠博带
请用节日来祭奠，虚掩的欢乐
眺望直至注解了变暖的水
隐秘的艾香缠绕过抒情的倚笔离愁

"离娄微睇兮，瞽谓之不明。"
将全在五月初五，临风而立
用诗歌吟颂的方式，长太息，哀郢忧思
奏响了热血的不朽
光芒的乐章

丘文桥，广西文艺评论家协会理事。

2023.6.22　星期四

癸卯兔年
五月初五

风 骨 / 车延高

茕茕孑立，脚下有土地
站在汨罗江边，脚下还有土地

他是那个在一粒豆火中写出离骚、九歌和天问的人
一块卵石见证
站在泪滴里的人，用什么方式向两岸的菖蒲揖别

水面上响起一声心跳，是赤子心
是行为艺术写就的又一篇天问
楚国的眼眶潸然泪下

活着时，没爱够脚下的土地
要去水里寻找的，那个干净的地方
依旧是土地

端午，土地上耕耘的人为他增设一种祭奠

剥开粽子，米粒儿就是土地的舍利
会想到不肯打折的骨头
想到
比大雁塔更高的风骨

车延高，鲁迅文学奖得主。湖北武汉市原纪委书记。

2023.6.23 星期五

癸卯兔年
五月初六

一大片麦子地 / 姜博瀚

母亲在麦子地里抢收
麦穗在太阳下炙烤
母亲，面对大片的麦田，弯着腰背
一把把地薅出来。包裹她黢黑的头发
红头巾，在金黄的麦田里闪耀
父亲说，你先去河洼，别到处乱跑
他留下来教毕业班。放学归来的小小少年
加速骑车，山路一路蹦蹦跳跳。母亲
和那大片的麦田，子鹃在南岭低飞
骄阳似火。暖风拂面。麦根上的土。
那幅画面：扬在头巾上像一道逆光下的雨
母亲直起腰背，我越来越近的身影
她站在一望无际的麦子地，笑着
妈，我也能薅
军用水壶和西红柿，靠在麦秸个儿上
子鹃在我们头顶咕咕叫，我吃着西红柿
母亲大把大把地薅麦子，麦芒尖锐
麦根土，拍打，落在她脚下
声音是那么响亮。

姜博瀚，中国作家协会会员，中国电影家协会会员。

2023.6.24 星期六

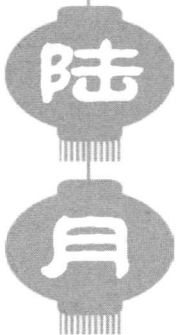

忆洞头 / 周广学

夏日，置身于洞头村
就意味着被爱了

到处是绿色
又有滴翠的山环抱着
有蝉鸣弹奏着

到了傍晚，夕阳西坠之时
柔软的树丛和娇艳的花草轻轻摇曳
池中之水泛起一鳞一鳞的霞光
晚风送来了这个时节最珍贵的礼物

我们三三两两，踩着小路
转遍整个村子
然后就在下榻的那座楼之露台上
升高了

我们围在一起
品茗，谈诗说文
笑声连起星空和大地

周广学，中国作家协会会员，山西晋城市作家协会副主席。

癸卯兔年
五月初八

夏日的田野 / 李建军

蝉声，像飞翔的鱼
咀嚼着火焰的柳叶
纷纷绽放的夹竹桃
像一个个巨大的谜
遍野的绿苗站起来
像铺天盖地的马蹄
池塘像一座座断桥
把自己筑入镀满阳光的天空
蛙音一路歌唱
与蝉声格格不入
夏日是分裂的镜子
田野是安静的囚

李建军，中国作家协会会员，浙江台州市黄岩区作家协会主席。

2023.6.26 星期一

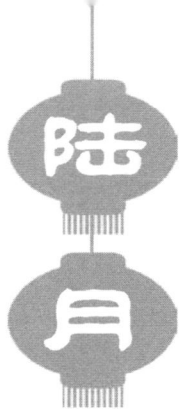

这个夏天下着雨 / 舒成坤

我们的天空
一边是云，一边是雨
祈一叶舟
穿越忘川

树叶舔净伤口
滴落的血痕
扶摇一丝清凉
掠过寄居的城市

2023.6.27 星期二

这个夏天下着雨
所有尘埃
顺水而去
像我们流过的泪
洗净过往

舒成坤，中国作家协会会员。

癸卯兔年
五月初十

生如夏花绚烂 / 张应辉

是谁触碰了那首老歌
唯一的生命在寂静中痉挛
花瓣重回枝头
流萤在夜间行走

曾经刻下的印记
如尘，灰白
无力尾随你的细节
生如夏花绚烂

我们目之所及的美
凝固在那枚痣
那一枚随时流放的天堂
春光里荡漾的，有月亮，太阳

张应辉，福建省作家协会会员。

2023.6.28 星期三

盐/如 风

海西，六月的风吹过
猎猎经幡在风中为苍生祈福
有人围绕敖包双手合十
有人提着裙角在盐湖起舞
我在风中
看云

人世间，有多少一饮而尽的蹉跎岁月
到最后，不过就是凝结成
体内的一粒盐
我们揣着这粒盐
深一脚浅一脚走在这苍茫大地

如风，原名曾丽萍。中国作家协会会员。

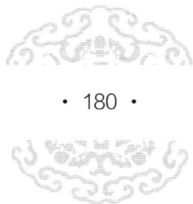

癸卯兔年
五月十二

杨万里与小荷 / 王秀萍

泉眼无声，小荷尖尖
一场生命的怒放
蜻蜓，立在了枝头

六月的日子
在池中，坐成一叶小荷
听蛙声一片
在风中，相思又长了一寸
看万物丰盈
在季节之外，江南之南
守着一季烟雨

注：参见杨万里诗《小池》"泉眼无声惜细流，树阴照水爱晴柔。
小荷才露尖尖角，早有蜻蜓立上头。"

王秀萍，福建省作家协会会员，福建明溪县作家协会副主席。

七 月 / 臧 棣

斜坡就很现实，七月向下滑去；
蝉声被留在高处，茂密的枝叶
反衬着新的无辜。而在更高处，
一只风筝威慑着悠闲的鸽群。

我看见一个面貌酷似我的家伙，
紧随下滑的七月来到了时间的底部；
我看见他的面具被风粗暴地掀去，
像断线的气球迅速升向穹顶。

我听见他的颤音混入了清白的遗言：
"这位置其实很不错，就像坐在
老式轰炸机的驾驶舱里。颠簸中，
准星暴露了一种随机性，权利的秘密

常常迷失于它有太多的选择。"而我的冲动
犹如海浪吐着舌头：我对他的命运
一点也不好奇。我只知道他和我
是否有血缘关系，为什么会长得这么像我。

臧棣，鲁迅文学奖得主。北京大学中国诗歌研究院研究员。

2023.7.1 星期六

癸卯兔年
五月十四

夏日的玫瑰 / 雁　西

一朵夏日的玫瑰，从山野，从海中
从幽静的洞口绽放
欲望，销魂，倾倒芬芳的枝杆
我知道，一朵玫瑰就是一支口红
涂在你的红唇上，你便有了思念
远涉重洋，为你
巨大的，也是浓烈的，更是隆重的
蔚蓝色的，也是明丽的，豆蔻年华
与众鸟飞翔
深深地呼吸
轻轻地吻
我心中所想，世间便显现
所见了
生命的无数次死亡
像玫瑰开了又谢，谢了又开
而这朵夏日的玫瑰
不动声色地
越过了雷池，为爱存活

雁西，中国诗歌学会副秘书长，《中国文艺家》执行总编。

2023.7.2　星期日

圣保罗之夏 / 梅 尔

听说你曾是个细雨霏霏的城市
如今却要为半年的干旱跳舞祈雨
看你高楼林立的图片已心惊肉跳
我从地球那边的水泥丛林
不辞辛劳
到了另一个钢筋的世界

晚餐我一再喝汤
掩饰着内心的慌张
让人骄傲的文明　已掠夺了
我们亲近自然的心
安德拉德
你还"在路中"吗
你的那块著名的石头
还在巴西吗

水中氯气和瘫痪的下水道散发异味
巴西，我只想见你原始的样子
你那么遥远地存在于我心里的
是雨林的味道

梅尔，江苏人。中国十二背后国际诗歌节主席，《秋水》诗刊社长。

癸卯兔年
五月十六

2023.7.3 星期一

蝉 / 刘以林

夏天　蝉在石头中醒了

它推开泥土　移动草根
爬上南风　一阵又一阵摇晃
天空用最薄的力量移动蝉翼
而蝉释放铜锣
不用击鼓就响声一片

人在汗水上坐着　大地颠簸
蝉不走动就使人增加了年龄

刘以林，艺术家、旅行家，2018年洛杉矶第四届"中国国家展"主推艺术家。

对一片日历的怀念 / 晓 弦

一片日历使一次血潮充满悲壮
在七月青铜的阳光下
一片红色的日历，使锤头与镰刀的爱情
开满意志的花朵
使一场分娩，生动在黎明的晨曦

其实太阳决不是心血来潮
说诞生就诞生，最初时候
这金属的声音如一支号角
捅开夜沉重的炉膛
真理和苦难双双涅槃
渐次扩展为天际最后的灿烂

难怪以后的事大多充满火药味
指向简单又集中，而在进入
一条画舫吃水很深的遐想前
那些行星般令人瞩望的先人
早已将头颅别上裤腰
将赴汤蹈火认作一种时尚
最后化成闪光的磨刀石
成为锤头与镰刀最和谐的诤友

如今，先人们在云端仙游
他们留下的锤头与镰刀，与一条红船一起
成为万劫不灭的精神
照耀人间
使我们的爱情通体透明

晓弦，中国作家协会会员，浙江嘉兴南湖区作家协会主席。

2023.7.5 星期三

癸卯兔年
五月十八

蝉　夏 / 亚　楠

叶子开始变得厚重。
就像雨幕
罩住的城堡，且又微微倾斜着
向西边草坡漫延开去。

我似乎可以看见墨绿色
的鹅掌纹，蝉翼，
在一阵阵喘息之后，他却只能
匍匐在地上——

在传说中，有人
把诗经里的意象做成了
一幅铜版画。

但那时并没人在意，
直到黄昏。惟蝉鸣有如奔涌
的潮汐，一浪
高过一浪。

亚楠，中国诗歌学会理事，新疆伊犁州作家协会主席。

小 暑/火 火

火热的眼神刚抛出
一片金嗓子　纷纷亮开
笑弯的镰刀似眉梢

火火，原名张火炎。江西省作家协会会员。

2023.7.7
星期五

癸卯兔年
小 暑

　　小暑，二十四节气中的第十一个节气，夏天的第五个节气。表示夏季时节的正式开始。于每年公历7月7日或8日交节。意指天气开始炎热，但还没到最热的时候。

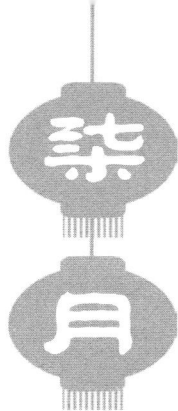

雪域七月 / 西玛珈旺

一些草被隔离在院子的东北角，
我已经十几天没看到他们了，
还有几株垂头丧气的向日葵，
和几朵老气横秋的格桑花

这些草有的慢慢枯萎，他们由绿变黄
而那些养在花盆里的植物却正当壮年
他们悄悄地爬到树上，
摘下树上的果实，和叶子上的云朵

而我关心的蜀葵在两幢楼的中间，
被一些风推倒，被一只尖嘴的蜜蜂刺伤
被一个推儿童车的孩子扶起来
她蹒跚学步的样子像极了我的童年

年轻的母亲推着她奔跑，
蝴蝶跟着她们，一群麻雀惊慌失措，
不知谁家窗口飘出的香味，
被一道彩虹看见
被两只鸽子衔走

西玛珈旺，原名王永纯。《大家文学》主编。

2023.7.8 星期六

七 月 / 蒋兴刚

七月在酝酿盛宴
椭圆形的大海上，一条白鲸
显现它巨大的前额
高高跃起

在无限沸腾中保持一份宁静
这是多么困难的事
推倒六月的栅栏，满园的荒草
以为可以长成参天大树
但事实没能逃脱惩戒

是啊！七月和六月不一样
灌满浆的水稻终于低下头
它在构造一些熟悉的
场景

蒋兴刚，浙江萧山人。中国作家协会会员，出版诗集四部。

2023.7.9 星期日

癸卯兔年
五月廿二

七　月 / 梁潇霏

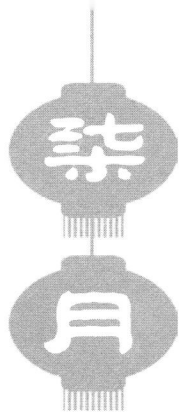

七月是表白
太阳升起
鸟鸣抵达每一片叶脉
蜜蜂的吻渗透花间

七月的果实着色
如同喜悦来临时的红晕
此时，一些甜蜜可以收获
坦诚的人不必等到秋天

我愿你像金鱼草一样鲜艳
像红宝石闪耀内在的光芒
七月出生的孩子，当你睡了
狄安娜女神守护你的梦眠

梁潇霏，中国作家协会会员，艺术一级导演。

七月刀 / 王晓露

七月，一把刚从炼炉中取出的刀
未及淬火
一刀斩断季节的温柔
桃红已纷飞，梨白已四落
栀子花匆匆收场。

一到七月，草也长了骨头
直愣愣杵在烈日之下
没有一点与春风相处时的妩媚。

一个古老的东方民族
提着大刀砍向入侵的敌人
一九三七年的七月，向死而生。

王晓露，《欧洲诗人》杂志社社长，欧洲华文笔会秘书长。

癸卯兔年
五月廿四

入 伏 /陈 跃

老城的庭院里
植物耽于绿色
而人耽于睡眠
这应该是夏天搭售的产品
敞开肚皮，有敞开心思的快乐
中午的交响乐是蝉声
中年的交响乐是酣声
夏天将我打回原形
我是正午的一只蝉

陈跃，江苏省扬州市作家协会诗歌创作专业委员会主任。

2023.7.12 星期三

癸卯兔年
五月廿五

暑　天 / 白恩杰

阳光流出一条河
太行的阴影是帆
我挟持风前行
挥手之间
目光写尽了所有的语言
握住满腹的心情
眼中的风景
风景中难别的泪
心像逃离的舟
在这七月的暑天
祝福我的只有树丛里的蝉鸣

白恩杰，中国诗歌学会会员，山西作家协会会员，《天涯诗刊》主编。

2023.7.13 星期四

癸卯兔年
五月廿六

我愿是沙溪古镇草尖的一颗晨露 / 刘晓平

沙溪古镇是一首古朴简约的小诗
戚浦河流动的碧波陈列着她的往事
小镇的前世与今生
随一叶乌篷船远去又回来
岁月的史诗总是匆忙疲惫地张扬着
我愿是沙溪古镇草尖的一颗晨露
映照古镇千年的江南辉煌
显影田园城市的时代新篇
太仓啊太仓
你是乡村振兴的时代范本
诗样年华沐浴着太阳的灿烂辉煌
阳光下你焕发了无穷的魅力
人间惊诧的目光聚焦于你的大地……

刘晓平，中国作家协会会员，中国诗歌学会理事。

2023.7.14 星期五

夏日小镇 / *游天杰*

我推开青山的门
画面上的彩拱从天空中消失
水对着云的耳朵絮语

盛大的夏日，彩蝶，清溪
淡绿的芭蕉树下
小学生在读书识字
一个姑娘在日光里晾洗好的衣服
嗓音轻轻，在和缓的风中

我在这儿，这个夏天
看着桌子上你的照片
我倚着一瓶花
（有一支已在我睡梦中凋落。）
一只山雀飞来飞去，重复着
一遍又一遍。又一遍

游天杰，广东省惠东作家协会副主席，惠州光年文化发展有限公司总经理。

2023.7.15 星期六

癸卯兔年
五月廿八

火烧云 / 田　斌

多么大的一场火啊！连到天边
在风的浩荡里
把湖水都煮沸了

我在湖边张望
那翻飞的红云
像心中无数闪光的念头
纷扰不息，延绵不断
我在美的包裹中喘不过气来
只有跟着那燃烧的火势
往黑夜里沉

暮色里一群翔飞的鸟
像是赴死的英雄
火光中
我闻到了扑鼻而焦香的味道
这深情的呼唤
凝满爱
像是谁在等候
加快了我归家的脚步

　　田斌，中国作家协会会员，安徽省作家协会理事，宣城市作家协会副主席。

2023.7.16 星期日

癸卯兔年
五月廿九

阳光赐予我们力量/杨海蒂

日出初光先照

太阳湖熠熠生辉

因你的到来

太阳城堡狂野而明亮

你恍若从时光深处走出

带着纯朗的笑容

眼神如阳光般热烈

撩拨得湖水碧波荡漾

夏日使者金蝉子

纷纷唱起美妙歌曲

我爱这东方太阳城

因为有你

朝霞映红了我的脸

就像杯中"桃红"

我说"你喝惯了烈酒

不会喜欢甜酒的"

你说"只要是你端给我的

哪怕毒药我也喝"

来电只需一杯白兰地

可我想要天长地久

杨海蒂,江西萍乡人。《人民文学》杂志社编审。

2023.7.17 星期一

癸卯兔年
五月三十

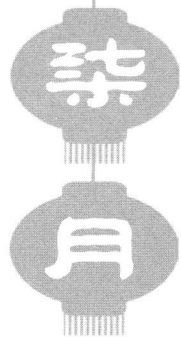

仲 夏 / 青 铜

池塘中央
青蛙在荷叶下梦寐
蝴蝶围着粉红色花瓣跳舞
在失火的后院
寻找爱情的神话

锦鲤双双跃起
缠绵着水的涟漪
水墨画里的虾
闯进情人的闺房
羞红了水草上
两只蜻蜓的翅膀

太阳雨洒落池塘
彩虹挂在荷花尖上
当午时的天空被柳条点燃
鸣蝉开始深情吟唱

青铜，原名王胜江，江西武宁人。

2023.7.18 星期二

沉入暮色 / 望 禾

未曾留意，暮色如何降临
落日已被远山收容。帐房如星
诸神消失的地方
被照亮的孤独呈现群峦的颜色

在近旁，无数个凝固的瞬间
眼里升起黑夜。大湖涌动
羊群默不作声
每一个怜悯自己的时刻，草木倒斜

贴紧土地的青稞，并不在意
今夏被谁收割。更深处的淡水和煤
同样不因谁存在。无法命名的情绪
请告知，它们也如此

于是，沉入暮色
昨日，悲喜，或梗在喉咙的
尚有温度的二手烟
都遁入另一种颜色

于是，白度母升起光芒

望禾，原名王静。青海省作家协会会员，青海师范大学文学院教师。

2023.7.19 星期三

癸卯兔年
六月初二

唱 / 吴海歌

像蝉把夏火唱灭，把自己唱成空巢
把夜晚唱红。把耳朵唱成大海
把嘴唇唱成，两条红蜈蚣

我的唱如写。把身体摊开成薄纸
把纸凿穿
把文字唱成钉子，契入内心的白墙
把蝴蝶唱空。仿佛
永远无心无情无志
永远的虚无被时间钉在碑石上

我似把自己摁进墨水瓶
以为墓。以为安息。以为永宁

吴海歌，中国作家协会会员，重庆市永川区作家协会名誉主席，《大风》诗刊主编。

2023.7.20 星期四

赶 夏 / 李茂锦

敦煌的夏日
物华天宝，醉美风光
热情奔放，行色匆忙

鸣沙山下的杏园
农民忙着采鲜杏
快递赶着发鲜杏
大街小巷更是
金杏成堆满目金黄
直到秋近才陆续下架
仍有星星点点的袅袅余香

赶夏、赶夏、赶夏
夏是一只诱人的火凤凰
夏是一台走俏的情景剧
夏是一杯清凉的杏皮茶
用丝路神韵打造
用飞天花雨沉淀
用文明礼仪呈献

夏终于赶走了
秋终于来临了
凉风吹落发梢的汗雨
饱含诗意的葡萄美酒
又要推出酣畅的盛宴

李茂锦，中国作家协会会员，甘肃省作家协会会员，敦煌市作家协会主席。

2023.7.21 星期五

癸卯兔年
六月初四

故乡的夏天 / 李　进

老水牛浸泡在泥水塘，咀嚼残喘的春天

楝树叶发皱，栖满黄尘

蝉鸣，撕破喉咙

竹床上午睡的，愈加辗转

黄狗伏在水缸边

懒得理会偷饮水的花猫

碎花裙，羡慕光腚的小男孩

一个狗刨，赶出水花

只有短发的二黑，一桶井水洒在庭院

炊烟慵懒，任由不愿离去的晚霞碾压成弯弯曲曲

夜色的啤酒档，辣味、喧嚣

一个个踉跄，小龙虾也喷出酒红

今天，弄潮人用空调

敲碎夏天。我捡起扬尘里的一粒种子

播种在记忆。月夜

故乡的裂口葵扇，摇出夏天

李进，广东顺德界外诗社副社长。

2023.7.22　星期六

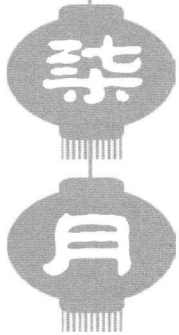

大 暑／格 风

夏天好像是一天
父亲的一天
所有的夏天都是同一天
同一个太阳赤着脚
在火中奔跑
在火中奔跑的我的父亲
这一天他试着
挪动左脚
脚下有点硬。空气中的庭院，花径
西红柿离开了果架
三汊河水位暴涨
所有的夏天都是同一天
父亲的一天
石阶飘摇的一天
一匹马的一天
隐入古老唱腔的一个片段
在下马坊
马头被死死勒紧

格风，中国作家协会会员，资深媒体人。

癸卯兔年
大 暑

大暑，二十四节气中的第十二个节气，夏天的第六个节气。于每年公历 7 月 22 日至 24 日交节。表示天气酷热，最炎热时期到来。古书中说"大暑，乃炎热之极也。"暑热程度从小到大，大暑之后便是立秋，正好符合了物极必反规律，可见大暑的炎热程度了。

一只帆 / 胡刚毅

七月，唯一的帆，炎热的
天空下，浪花堆砌词藻的江面
一只蝴蝶，寻找自己身体内的
  花朵芬芬和青草味

一只帆，填补了水面空无一物的寂寥
一只帆，江河插上了飞翔的翅膀
一只帆，折断了寂静与沉默
一只帆，晃荡浪花心旌的月亮
  擦亮江水所有鱼的眼睛

另一只帆，从心海驶来
一轮朝阳浪遏飞舟
撕破冬天的黑夜，飞飞扬扬的
碎片落英滨纷

胡刚毅，中国作家协会会员，江西吉安市庐陵文学院院长。

2023.7.24 星期一

深 夏 / 兰 晶

夏季变深，植物绿到心慌
今年，风驱赶了雨的神祇
一场接一场地刮
心中盛着不安的人
一藤脆嫩的西瓜秧也能将其绊倒

傍晚，睡在红色大楼的穹顶
阴云赶着灰色羊群在旧草帽上游牧
身体里浮起一艘斑驳的木船
生活的惊涛里，它摇晃着、咿呀作响
始终不曾覆没
总有说不完的哀伤、隐秘和不为人知的欢喜
写成长篇，一生一世也连载不完

草木野蛮生长的好时光里，
疲惫的杏子捉住彼此
那些酸甜的心事，再不说透
雨一浸，就腐烂在枝头
在深到老去的夏天里
相遇的哲学命题被重复搁浅

兰晶，新疆克拉玛依市文联文学编辑。

2023.7.25 星期二

癸卯兔年
六月初八

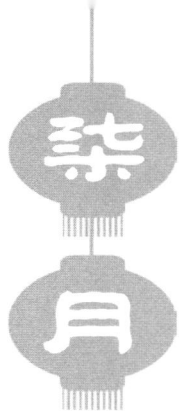

火红的高粱 / 田 放

高粱　是点燃夕阳的火种
因为有了它　秋日的
黄昏才这么壮美

我赞美高粱　是因为它
喂养了一支红色军队
以高粱酿出的烈酒
自古就是英雄的壮行酒

东北　西北　河北地区
不论是黄土地红土地黑土地
只要够一定温度阳光充足
它就会可着人心生长

现在的餐桌上
红米饭少了　　大米白面
高居主位不下
其实　　多食用粗粮
早被养生专家达成共识

就让我们多食一些高粱吧
让它的烈性在体内发酵
除了补充流失的钙质坚硬骨骼
还能让我们壮胆
这样　在需要挺身而出的时候
才不会退缩

田放，中国作家协会会员，天津诗刊网总编辑。

2023.7.26 星期三

时光流水 / 徐青青

夏季与初秋交接，被流水围追堵截
从南到北，又从东向西
绿意覆盖的河道，一派泱泱之势

中年的雨，常常在夜里走出去
去幽深的森林，密会流水的月光
那个世界，幽思冥想和清风细浪
经过细雨和月光，馈赠给一只兔子
为了曾经的流浪，桂花碎片
在时光的留白处冲刷
来回跳动，往复相思

想象自己是候鸟，是夜空
是婆娑的雨和摇曳的影，或在雨中
一个人，组成一幅动态图
无声无色，以水代酒
敬此刻的圆与满、真与情
以及笑而不语的来路和远程

徐青青，陕西咸阳诗歌学会会员。

2023.7.27 星期四

癸卯兔年
六月初十

我们有自己可以把握的银河 / 汤红辉

大暑过
城市太热
我们的爱只需 37℃ 的体温
回到乡村去吧

日出就读书喝茶
茶过三巡　又三巡
日落我们做自己爱做的事情
老祖宗在神龛上微笑
每天三炷香还是要准时上的

萤火虫飞入夜色
一只　两只　三只
尽数抓入瓶中
今夜不关心疫苗和转基因食品
也不效法古人囊萤夜读

月光如水
蒲扇轻摇
竹床相拥
仰首寻找牛郎织女的银河
还有一目了然的北斗七星

紧握装满莹虫的瓶子
这是我们可以自己把握的银河

汤红辉，湖南省文联委员，红网文艺频道主编，湖南省网络作家协会副秘书长。

2023.7.28 星期五

癸卯兔年
六月十一

鸣 蝉 / 徐小泓

小时候，夏天和蝉住在一起
有时住在树上，有时
住在瓶罐

女孩子们爱穿裙子
男孩子们爱板寸或光头
但都不爱睡午觉

不爱睡觉的
还有鸣蝉
它们肯定参加了"唱夏一季"的比赛
因为下一季
就不来了

徐小泓，中国作家协会会员，厦门市思明区作家协会副主席。

2023.7.29 星期六

癸卯兔年
六月十二

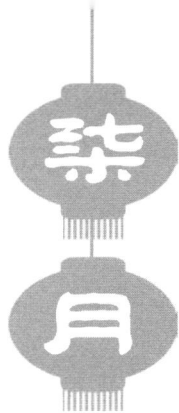

乡村夏夜 / 李燕萍

那些别墅，也许睡了
也许在他乡
只有早睡的老人
和守门的黄狗

哪里的星星都是一样
照着旧事，也照着新房
蝉鸣悄息，蛙声渐响

畦畦稻田
是谁在吹奏口琴
与蛙鸣附和

李燕萍，福建省作家协会会员，三明诗群·滴水村落成员。

2023.7.30 星期日

台风记 / 沈秋伟

每当此季，天地有约
替风和雨打开枷锁
每年此时，天河泛滥
它洗掠过琼楼玉宇
又趁夜黑风高偷袭人间
它横扫过城市和村庄
又来狼藉我的诗行

狼藉便狼藉了
却又为何盘桓不去
盯着词语的禾苗
卷起情感旋涡千千万
搅乱我修筑的江南风度

当盛夏台风绝尘而去
悲喜的泥沙渐渐沉淀
而那些暴虐的洪水
已化身暗泉
收起刀枪，闭关修炼

沈秋伟，浙江湖州人。全国公安文联诗歌分会副主席。

2023.7.31 星期一

癸卯兔年
六月十四

八 月/唐 诗

八月，凉风里
爱情开始经霜，正是写伤感诗的季节了
咏叹什么呢？已不见
蝴蝶轻语
花面鱼唇，词语中碧波荡漾
那就写当乌云来时
天空从不逃亡
她在黑夜穿白衣裳特别耀眼
再根据风的经历
写成风的传说，但传说
不一定全是风
写树身不空，它有乳白的液体供枝丫涌动
于是，落英再度来临
鸟歌已没蕊
我在她满月样的面庞边，沉哦良久
啊！八月，八月变得空寂，唯有她充实
而我阴雨连绵
在山谷和骨缝，隐痛着，忍耐着
死死地按捺住
血管里，沸腾的花香

唐诗，原名唐德荣。管理学博士，世界文艺家企业家交流中心理事长。

2023.8.1 星期二

酷暑书 / 马启代

热浪追逐花浪，开过来，正开过去
我听到你身体里的水声
沿地脉的走向，将漂浮着的花瓣
那上一个季节零落的小疼痛
藏入我日渐坚硬的诗句

风是一阵一阵地来，跷着脚，跳跃
水声溅起，词便花开
香气随花影，或正，或斜，碎且乱舞
透过词语的瞳孔向里张望
一滴一滴的水珠在伤口上饮泣

——这是夏天的清凉，词根含着寒意
抵抗骨缝里的燥热。你可以沉默
为了抢救更多的汉字，我已经决定
将你身体里的江河，全部挪进我的诗集

马启代，中国诗歌在线总编。

2023.8.2 星期三

八月的拉萨 / 蔡新华

八月的拉萨
安详　宁静且平和
游人如过江之鲫
游荡在每个角落——
街道洁净宽阔

八月的拉萨
阳光如飞瀑
飞泻直下
大地一片光芒
耀眼夺目

八月的拉萨
夜雨如情人一样如约而至
情人们用体温相互取暖
雨来得正是时候

八月的拉萨
正是青稞收获的季节
农人们都忙着诵经　转山
闲暇时再去收割一年的丰获

八月的拉萨
金黄的季节

蔡新华，中国作家协会会员，广东作家协会诗歌创作委员会委员。

2023.8.3　星期四

癸卯兔年
六月十七

八月，云游梅州粉黛 / 王舒漫

只需光照，粉黛，美成了童话。
我问天，穿过黄昏的粉唇，走，把缤纷交给
彼岸，谈一场世纪的恋爱么？
秋，一个飞动的季节，飞动的"长恨歌"，
长过岁月，飞过白居易的梦，像是一种光。从一，到
百媚生的回眸，入了心的人，会静候，等待，一湖泪的
宣言，等待线条的宣言，等待每一个视点，滴成满地斑驳的阳光，
你，成了我的花海。

花在境中，人在诗境。这，何等的光景！
坐在石头上，我双肩被光芒削平，翻过去，
世界再次被自然构建，一个，九个太阳向
黑暗滚去，沉默诞生了！
我眯着半眼，等你来抱我的思想。
入了梦的人，五色，八点，七墨，
一生都会思念。醒来，苍白的天空早已
全变成粉黛，花非花，一天的芳菲，
谁，不痴迷？
等光影淡过，月光，把你捧给了滩涂，捧给了
高天，大江，捧给了河岸。
不再是空的凄恻，时间的指针嘀答
一秒抵达高远，壮阔。
多一点勇敢，去柔情，去深爱。

王舒漫，画家、独立学者、策展人。

2023.8.4 星期五

癸卯兔年
六月十八

八　月 / 杨森君

深草中该红的都红了
受旨于天籁，旷野复合了午后的寂静
要知道，秋天来了
万物将变得迟缓、自足

也许有例外
当阳光斜射在一片山枣树上
连蝴蝶都分享到了光芒中细细的金粉
它们不是假装没有回忆，它们比以前更轻

出于习惯，我多余地猜测了一根枯枝的绝望
我还亲手扶正了一株花姐姐草
在一道优美的斜坡上，花姐姐草互相喜爱
隐姓埋名，也隐瞒真相

杨森君，中国作家协会会员，宁夏诗歌学会副会长。

2023.8.5　星期六

八月六日，遇雪莲 / 周　野

这风捻着谁微醺的气息
不能辨识的香味，不能抗拒的隐逸、送离与安详
不歇息地生发于一盏盏记忆的盆栽
离天山 3380 公里的珠海，旅游路 2428 号的花卉市场
你以这风的行迹
将盛夏酷暑和寻常巷陌绘成一幅幅静物风景

把天际的蓝准备好，把远山的蓝准备好
把小路的蓝准备好，把湖心的蓝准备好
把窗框的蓝准备好，把瓶花的蓝准备好
把裙摆的蓝准备好，把珠链的蓝准备好

你还要倾尽所有给下半辈子一幅自画像
用 24K 的蓝把生的痛楚填满

周野，中国作家协会会员，广东珠海市作家协会副主席。

八 月 / 虎兴昌

今夜天空异常
浮云相互遮住了自己
中原下雨了
我在等八月第一个黎明

故乡以北雪花白了少年头
夜晚和它的星辰
向大地倾诉

一只脱缰的狗
朝着黑暗空咬
我又梦见了刻在白杨树上的
致富标语

虎兴昌，中国诗歌学会会员，宁夏作家协会会员。

立秋小记 / 华　海

山谷，在夜的袋子里
藏起光的踪影
草坡上的萤火虫
把你的眼睛，诱向幽深的寂静
一场雨后，凉风吹来的
水滴，恰好落在唇边
不知什么时候
睡眠里的梦，也从
老树的枝叶间垂落

今早，宣纸上的水墨
让一点秋意，慢慢洇开
你隐约听到
溪水边的几声鸟语

华海，中国作家协会会员，广东清远市委宣传部副部长、文明办主任。

癸卯兔年
立　秋

　　立秋，二十四节气中的第十三个节气，也是秋季的起始。于每年公历 8 月 7 日或 8 日交节。"立"，是开始之意；"秋"，意为禾谷成熟。立秋是阳气渐收、阴气渐长，由阳盛逐渐转变为阴盛的转折。在自然界，万物开始从繁茂成长趋向成熟。

初秋书 / 胡　弦

群鸟飞掠，长廊在呼吸，
风无所把握，树枝晃动。

江湖已远。
我去拜访一个更深的年代：那里，
还俗的僧人是个好木匠。
桌子上，不倒翁在发呆。

——诗是什么？也许，
发生过的一切都是真的。
小院花开，两只小狮子在山墙上玩耍。
而高速路上，有人正
加大油门，逼迫地平线把尚未
消化掉的远方吐出来。

胡弦，鲁迅文学奖、闻一多诗歌奖得主。《扬子江》诗刊主编。

桑　葚／曾凡华

什拉木道沟的桑葚
让乌海秋天的甜蜜度高了许多
不知路过的王维是否食过
这和葡萄的红色温柔不同
有一种野性的腻
与葛丹拉盖土匪洞里的味道差不多
一旦被拉僧庙里的药师捉住
即可自迩以至远　自卑以升高
直抵神的境界

其实　这是大自然的道场
没有符咒与迷信
世事在起伏跌宕中自觉奔向清明
万物在摇摆动荡之后都能找准定位
罗盘的神秘之处即在此
指针所向即神所向
善心所向即天道所向
一如桑葚的红紫　皆出自天光……

曾凡华，湖南溆浦人。大校军衔，获国务院政府特殊津贴，艾青文学院院长。

2023.8.10　星期四

癸卯兔年
六月廿四

秋之珞珈 / 李　强

真好
该走的走了
该来的来了
赤橙黄绿青蓝紫
各有各的欢喜

真好
老斋舍迎来了新主人
一本新书翻开了第一页
一首新诗写下了第一句

真好
凌波门云淡风轻
门内的大学
有安静的书桌
门外的武汉
已凤凰涅槃

李强，中国作家协会会员，经济学博士。

2023.8.11　星期五

癸卯兔年
六月廿五

入秋诗 / 田　湘

秋天是过往的事
落叶纷纷，说明你已放下
活在回忆里的人是失败者

可秋天必有我所爱的人
她化为雨滴、落叶、风
她传递的凉意正是我内心想要的

干净的落叶，带来一些失败的联想
落叶的纹路里藏着不为人知的秘密
你的心事写在落叶上
像一首晦涩难懂的诗

当我从梦中醒来，看到
落叶纷纷如不可承受的生命之轻
可落叶并不悲伤

落叶飘零
如一封含泪刚写好的信
在寻找投递的地址

田湘，中国作家协会会员，广西省作家协会副主席、诗歌委员会主任。

癸卯兔年
六月廿六

红树林湿地 / 樊 子

因为，在八月的风暴中，红树林的摇曳的确像一群失恋者
它们彼此推搡、捶打和纠缠，我在其中也是如此
年长的枝条抽打着我的脸颊
年轻的枝干伏于我的背上
年幼的根须抓住了我的脚踝。

它们，以为我是说谎者，它们
只是看到近处，看到石头蟹和惊慌的鲍鱼，看到乱石博大的裂缝
还有浑浊的黄昏时刻
也看到，我，混合着雷电的眼睛。

说起瑟纳尔索普渔村，我确实在这里
但我也不至于太老实吧，至今一再说，当潮水反复涌起
我不习惯年轻的红树林体内的咖喱味。

樊子，安徽寿县人。深圳前海美术馆馆长，《诗歌月刊》编辑。

乡村听雨 / 绿 野

云幕一再压低的世界
风滚雷鸣是藏在昏暗里的利箭
倾泻而下的雨幕
将一个小村庄、一幢小楼
浇铸成囚禁的孤岛

关闭网络，停止思想，抛却欲望
焚香听雨，或临墨一帧古帖
在一曲古琴里悠扬、吟叹
也像农人一样耕耘，或淘尽自家门前的积水
以笔为锄，也想锄去心底的野草蓬松
而云雨洗涤的尘世，泥流正滚滚向前
淹没或荒芜，窗外的林木披风挺立

绿野，原名刘金辉。天山南麓新边塞诗发起者。

2023.8.14 星期一

癸卯兔年
六月廿八

没有一场修行可以越过荒芜舍弃繁花 / 何佳霖

没有一场修行可以越过荒芜，舍弃繁花，岁月如褪色的鸡骨，一切虚妄都无声。

我的生活与生命分不开，我经历了一切该经历的，彼此以言语相慰，草已经漫过一个诗人的半身，如果每一棵杂树都由一个念想而成，我的心该掠过多少的涅槃之痛，迎来生命中的开花时节。

何佳霖，笔名度姆洛妃。中国作家协会会员。东盟创意管理学院院长。

2023.8.15 星期二

癸卯兔年
六月廿九

美仁草原／牧　风

美仁草原是羚的一双眼眸
在人类的赞叹中如远古沉寂的画卷
屏住呼吸　雪域的画图在惊叹的神色中摇曳而来
还有谁会不钟情于羚城的壮美

秋染霜林　沿勒秀逆行
晨曦中洮水汩汩而动
生命隆起的背影挥洒成羚城美的时光

羚羊故事的传唱是一段月光
拉姆闪亮的美眸在灵魂里潜藏
　　倾听众生的妙音在虔诚里如洮水流淌

格桑是美仁草原上带露的芳香
那神骏踩动的蹄韵布满游牧的欢畅
是晨钟暮鼓的眷顾吗

牧风，原名赵凌宏，藏族，甘肃甘南人。中国作家协会会员。

2023.8.16　星期三

癸卯兔年
七月初一

秋 / 马　丽

那时候
秋天已经来了

清凉菩提
开在枝头和树叶

藤哟，蔓哟
爬上了篱架

红嘴鸟的琴声
从林间飘来

马丽，中央财经大学文化与传媒学院教授，北京写作学会常务理事。

2023.8.17　星期四

癸卯兔年
七月初二

秋风吹起 / 雁　飞

在生命的接力中，美，生生不息

如果秋，是一面美的镜子
美，是不是流转而来的春天

一叶嫩绿。一茎花蕾。一抹朝阳
在生命的接力中，鲜嫩之美
是不是，就是先锋之美

秋风吹起
在生命的接力中
在释怀的笑脸上
安然，与无邪，同美

雁飞，中国作家协会会员，江西省九江市作家协会副主席。

2023.8.18 星期五

癸卯兔年
七月初三

沙湖秋色 / 高自刚

不知是谁
把一粒珍珠撒落在塞外
瞬间，就变成了一汪清澈的湖水
蓝天，白云，雁姿，鹤影
都在碧水里游荡

微风吹过，波浪般的芦苇丛中，
小舟轻轻漂荡
鸟的天堂，鱼的海洋
仙女般的白鹤
在沙海里展翅飞翔

高自刚，甘肃省作家协会会员。

癸卯兔年
七月初四

松针落地／毛江凡

入秋了
无所事事的时候
我就去郊外爬山
找梅岭最高的罗汉峰
用一整天的时间
翻越它

疲于奔命的时候
我常常驾车
从山的最底部穿越梅岭隧道
全程只须用时三分钟

徒步在山顶上
我感到了慢带给我的
若松针落地殷的宁静
疾行在隧道里
我感到了快带给我的
呼啸和不安

毛江凡，中国作家协会会员，江西省作家协会理事，南昌市诗歌学
会副会长。

2023.8.20 星期日

癸卯兔年
七月初五

立秋过后 / 吴玉垒

立秋过后，雨水变得又细又长
像被十三亿人亲手捋了一遍，像早年间
母亲的心事，恋爱时情人的发丝
一生操劳的母亲过早地去了天堂
南飞的大雁或许能捎去我的思念，才几天啊
爱人那一头柔顺的青丝，居然
就飘起了一层清霜，不过是想一想
日子就又绷紧了一截

田野突然拥挤起来，麻雀和田鼠
突然忙碌起来，通向远方的小径被谁
藏了起来？树上的知了叫着叫着
就掉到了地上。落叶、车辆和人群
哄抢着道路，大地好像又瘦了一圈

天擦黑的时候，老家的弟兄们
打来电话，该收的差不多收完了
该种的还在种着。天气越来越凉
别忘了早晚添加衣裳，中秋不回就不回了
过年可要一定回来啊……

吴玉垒，中国作家协会会员，山东省泰安市诗歌学会会长。

七夕物语 / 霍　莹

一河星光不慌不忙，
与今晚，续写美丽的传说，
有关牛郎织女，有关星河，有关你和我
一场奔赴，驭月色抵达
于万众瞩目中，星河翻卷浪花
犹如转念。一转念，雨露洒满葡萄架
当执手开始消瘦，思念又在丰满
坐在七夕，和灯光一样安静
天上的仙女，地上的自己
望断银河，因爱而起
穿越身体的银河，只为团聚而闪烁
一三一六，每时每刻，光亮如火

霍莹，中国诗歌学会会员，河南省诗歌学会理事。

癸卯兔年
七月初七

处 暑 / 廖志理

太阳落下
月亮升起
一年也是一天
从今天起
高潮过后
日子终会转凉

秋凉即临
月亮从容
我也安然
月亮坐在露台上
脸带微笑
轻轻
吟诵一段桂花的
芬芳

廖志理，中国作家协会会员，湖南省诗歌学会名誉副会长，娄底市作家协会主席。

癸卯兔年
处 暑

处暑，二十四节气中的第十四个节气，也是秋季的第二个节气。于每年公历 8 月 22 日至 24 日交节。时至处暑，已到了高温酷热天气"三暑"之"末暑"，意味着酷热难熬的天气到了尾声。

一座书院的光芒 / 王　爽

在仙雾萦绕的鹿女湖和山峦之间
在香樟树散着悠悠香气的绿茵中
鹿田书院端坐在一大片静谧中
沉浸在流淌着儒学七贤的灼灼光芒

阳光总在夏日躲进斑驳的窗棂
寻觅风干经年的琅琅书声
细雨的时候
总喜欢在暮春轻敲灰色的瓦檐
唤醒流年磨砺的烛台和书卷

峰峦之上
坐拥着八婺儒宗厚重文字的香火
深绿色的馨香啊
幽长不散
全是因为
这里能听到圣贤们的字字句句
看到他们依旧闪烁着的智慧

王爽，中国诗歌学会办公室副主任。

2023.8.24　星期四

癸卯兔年
七月初九

在秋天遇到的每个人恰似一棵树 / 萧　萧

路上的行人枝繁叶茂
与它们一样，我们躲不过烈焰
有难以启齿的顽疾

再向前一步就是秋天
每棵梧桐正在逃离霜冻之日

秋风以死相逼

一片片树叶松开自己
从尘烟里获得它想要的远方

在秋天遇到的每个人恰似一棵树
每阵剧痛来自枯叶纷飞
越过歧路，昂首奔赴那道光

萧萧，原名肖建军，湖南衡阳人。资深传媒人、编剧、导演。

2023.8.25 星期五

西藏，一叶知秋 / 毛惠云

那些无畏的歌唱
在海拔无所抵达的高度
与牦牛一起行走
却不能抵御秋雪的冰

而橙黄泛红的平铺
在白雪之外
如海一般畅所欲言
众神坚持的守护
与孤独的经幡
在风中反复高歌

音乐踏风西行
并与经过的苍鹰
共同飞渡雪山围观的圣湖
旁若无人

于是我想一叶知秋
奈何秋意如纱
错落出了万种风情

就好像布达拉宫的高墙
总是在秋来的十月
用牛奶洗净了圣洁的初始

毛惠云，山西人。华语诗歌春晚策划。

2023.8.26 星期六

癸卯兔年
七月十一

纯粹的清高 / 梁　潮

青海牙什尕的山色
采用另外一种看法
就会绿得发黄　黄得发绿
仿佛是黄河水冲洗过后的清高

万里长空上的蓝天白云
如果反过来　从其他方面看也会觉得
蓝得发白　又白得发蓝
一定是完全不一样的境地

还有鸣沙山空中的空气
为什么同样　这样的清澈澄明
太阳照耀在流沙河上
在忽高忽低的沙坡沙丘上

在秋风的以前和以后
当阳光掠过浮云的时候
同皮影戏一起演变　变得虚幻缥缈
变幻成莫测高深的海市蜃楼

所有的变来变去　都只是越来越像现实
一声声驼铃的叹气　飘过戈壁滩
只留下两行脚印

梁潮，广西师范大学文学院新诗创作与研究中心主任。

2023.8.27　星期日

风 中 / 蔡启发

秋风乍起时，水寂静不安
风，依旧在吹过
在粼粼波光的河面上
就有了岸边，芦苇的深情挽留

苇叶、苇杆的绿色生动
有趣的形象已作好了枯寂的准备

芦花依旧飘扬。天生丽质的淡然
可是小鸟筑爱巢的好料
而风里，不见鸟儿的影子
不会是远走高飞吧？

苇丛中高出的几株硬扎扎的水杉
一株光秃，一株反映葱茏
它们统统是风景的可爱
把生活的忧伤喜悦托举了出来

我看着芦苇的样子，没有茫然
只有蓝天下的一片美妙
这里的风还在吹，吹得好惬意
幸福的心痒和难熬

蔡启发，中国科普作家协会会员，浙江省作家协会会员。

2023.8.28 星期一

癸卯兔年
七月十三

大凉山夜色 / 银 莲

当我远行
也是在走向你
你的世界让我如此着迷

那满载夕阳的火车
拉着不期而遇的我们
奔向哪里

月亮城不再是传说
游进你海天一色的碧波
想起飞天的嫦娥

燃起激情火把
跳起欢乐锅庄
雪山捧出哈达
邛海荡漾清波
大凉山夜色
就这样醉在酒里
甜在歌里

银莲，中国作家协会会员，四川省艺术产业协会主席，成都文学院
签约作家。

2023.8.29 星期二

八月的寒流 / 梁甜甜

月季的花瓣枯黄了
整个院子被黑暗腐蚀过
豆角架上的叶子不复茂密
泛黄的面庞上苦闷着星点的雀斑
茄子秧同样悲痛而萎靡
一个晚上，仿佛少女的胶原蛋白被席卷
佝偻干瘪的茄子，显然被俏皮与丰满遗弃

青涩的野葡萄却愈发稳重
紫色的面颊揣着深沉
相邻的五角枫仿佛是尝了禁果的夏娃
她红着脸，她伸出娇小的手
爱抚果实的面颊

柳条自西向东扫去
网罗着整个夏季的狂想
一条安错了家的毛虫晕头转向
一只娇弱的候鸟向南飞去
一群机灵的鱼潜往深水区

万幸，黑土地没有脚
它品尝过四季的意义

梁甜甜，中国作家协会会员，哈尔滨市作家协会常务理事。

2023.8.30 星期三

癸卯兔年
七月十五

扎鲁特草原之夜 / 杨廷成

是谁不眠的眼眸
闪烁在辽远的夜空中
这横亘于苍穹中的天河
把牛郎与织女的传说
在晚风中叙述

半山腰的望月亭里
有人唱起关于爱的歌谣
一地月色在流淌
两个身影在徘徊
三只秋蝉在鸣唱

冰凉的露水
打湿了夜行人的裤脚
远处的蒙古包依然灯火闪烁
一曲马头琴悲怆的音符
把一颗思念的心儿蓦然揉碎

从天边的科尔沁归来
我只记得草原之夜的那弯新月
犹如蒙古姑娘硕大的耳环
有山风吹过时
银子般摇晃的声音一直叮当作响

杨廷成，青海作家协会副主席，青海省企业家联合会秘书长。

癸卯兔年
七月十六

思 念 / 吉狄马加

我读你的信
读秋后森林里，一片金黄般的树叶
九月是玫瑰色的
树叶张着嘴，吻着热恋的土地
当树叶被温柔的风托起
悄然离开你
却向我飘去
那时候请相信，亲爱的
在我拾到它之后的那一片刻
我才真正读懂了
你用猎枪和男子汉的勇气
写出的森林里
一首长诗的经历

我们在黎明的时候别离
一只太阳鸟
将从你云一样的背后升起
那时候，我会一千遍去看它斑斓的羽翼
这上面新长出了好些
关于你和森林的故事

吉狄马加，中国作家协会诗歌委员会主任，全国人大常委会委员，多项国际诗歌奖获得者。

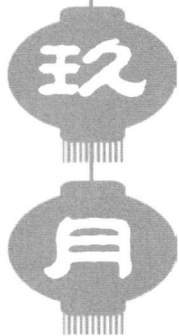

2023.9.1 星期五

癸卯兔年
七月十七

满陇桂雨 / 黄亚洲

夜空里所有的星星，都在白天，落到
一棵树上
并且眨动眼睛，以她们最习惯的这种
暗中方式，送出秋波

我端坐树下，整一天，捧闻历史的书香
一只月饼跟着我
这就是说，月亮也下来了

翻动古籍，偷笑，暗自点头
觉得生活本来的气味，就该这样隐隐约约

待夜晚降临，终于犯愁
知道自己，已经回不进城市了
端坐一天是个错误

城里所有的星星，都没有树上的气味
城里粗粗细细的树杈，全是
排气管
虽然，都有霓虹灯的样貌

只能回城去
我如此善良，还不如一只蜜蜂
蜜蜂怀揣毒针，却可以娶
满陇桂雨，日夜伴眠

黄亚洲，鲁迅文学奖得主。中国作家协会原副主席。

2023.9.2 星期六

癸卯兔年
七月十八

归 来 / 路 也

我将一文不名地从全世界归来
地平线押解，天空拖拽翅膀
太阳从头顶上滚过

我将一文不名地从全世界归来
河流目送，山峦和岛屿跟从
胸腔回应地心的马达

我在秋天的途中寄出的信
将在一个大雪纷飞的黄昏到达
有人在灯下开启它，读懂言外之意

我一文不名，从全世界回来了
从荒野带来石头饼干
继续在人群中暗暗地活着

路也，鲁迅文学奖得主。济南大学文学院教授。

2023.9.3
星
期
日

癸卯兔年
七月十九

秋风辞 / 梁尔源

古道在蒿草中隐身，老客栈拴的瘦驴
被秋风呛出一个响鼻
一支马队，在云间走失

炊烟没精打采，山峰腆腼
坝上的那面镜子里
有一行大雁还没回家
少女在擦拭蓝天，天际多么深远
山村的眼睛仍在梦里

穹顶越来越高，凡间很低
夕阳的手，涂抹着裸石、峭壁和裙摆
唢呐和头巾在远眺

果实掏空了村庄的念想
秋风在脱衣，节气已赤身裸体
群山的腰间别着金黄的咒语

梁尔源，中国诗歌学会副会长，湖南诗歌学会原会长。

秋 蝉 / 周占林

没有事物能体察你的秘密
你用高亢的歌声
挺举着这个秋天最后的炎热

让自己置身于高处
视野开阔，所有的金黄尽收眼底
或许，你的歌声
不仅仅为另一半而唱

从这棵树到另一棵树
你用鸣叫飞行
在寻找爱侣的路途上
你的坚韧
让我这个旁观者汗颜

数年的蛰伏
只为在这个秋天放歌一曲

周占林，中国作家协会会员，中诗网主编。

2023.9.5 星期二

癸卯兔年
七月廿一

秋 天/邹惟山

我一直寻找今年的秋天
江夏之山一直愁容满面
千里江水已经无水流过
万年长江不知何时枯干
南岸的洞庭无庭也无洞
东边的鄱阳湖百里无烟
没有水的日子哪有云梦
大泽已进入历史的深渊
八分山的雨水早已失踪
九峰山的石刻也已冬眠
朱元璋的大印不知何处
龟和蛇转过了异样的脸
陈友谅的骨头已经化石
九百条白鲟跃上了江滩
春天在大地上到处流浪
夏月于天空中惊恐乱串
一个叫中秋的女人走过
长长的夏裙在沙里翻卷
然而没看到丰硕的秋韵
成熟的身姿隐藏于黑暗
钱塘的大潮也已经消退
花月夜的春江何时再见
没有风没有雾哪有花开
没有雨没有枫哪算秋天

邹惟山，原名邹建军。华东师范大学文学院教授、评论家。

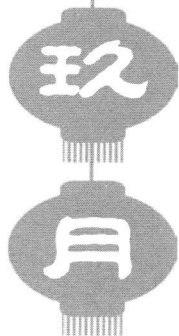

2023.9.6 星期三

癸卯兔年
七月廿二

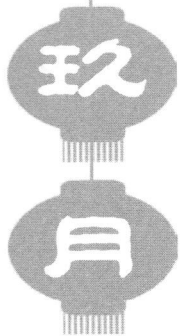

银杏树上的黄叶 / 高宏标

离深秋还那么远，一场高温
拧干了树叶的水分，仅有的脉络
像黑色的眼线，整个树叶
懒慵地挂在树上

风像车站的一声铃音
远行的车辆已提前进站，而簇拥的人群
还在午休，或者悠闲地
啃着松软的面包

大厅外的银杏，多年来不曾挪动半步
他已习惯旅客间的挥手
他已习惯小餐馆里生出的烟火
习惯在冬天，将满树的黄叶送给穿裙子的姑娘

每一片树叶的枯黄
每一双眼睛里的混浊，都是人间的必然
在不该离开的时候离开
不知道，明天是否还会到来

高宏标，湖南省诗歌学会副会长，张家界市诗歌学会会长。

2023.9.7 星期四

癸卯兔年
七月廿三

白露夜，请允许一株狗尾巴草泪流满面 / 布木布泰

云朵是白的，夜是白的

梦是白的，露便是白的

秋天是白的，蝉鸣是白的，草原上的野菊花也是白的

风是白的，远处的雪是白的

河流是白的，光是白的，露便是白的

想起关于一个女人的戏剧，她的名字好深刻

就像今夜的露，曾为她的一生命名

她还没有老去啊，以至于哪一根白发都白不过今夜的露

就像今夜的狗尾巴草，请允许她泪流满面

白露夜，更像一个人的独白

宁静而纯粹，不染一尘

布木布泰，又名张玉磬。内蒙古通辽市科尔沁文联主席。

2023.9.8 星期五

癸卯兔年

白　　露

　　白露，二十四节气中的第十五个节气，秋季第三个节气。于每年公历9月7日至9日交节。白露是反映自然界寒气增长的重要节气。由于冷空气转守为攻，白昼有阳光尚热，但傍晚后气温便很快下降，昼夜温差逐渐拉大。

秋 / 李晓光

惯走弯路的人
早早进入秋天
不同阅历的落叶
在枝上　向大地鞠躬

少一声鸟鸣或蝉叫
天就黑下去一截
背影枯矮　一枚黄叶
临落　也要站在枝上

腐朽的被省略的事物
在黑暗交替的清晨
一茬又一茬绽放着
另一汪绿

去秋　在树下
打磨铁棒的老人
重复着过去
追风景的人
到头来把自己追成了一道风景

李晓光，陕西省作家协会会员，《安徽科技报》编辑部主任兼副刊编辑。

2023.9.9　星期六

癸卯兔年
七月廿五

致教师 / 刘晓林

教师，太阳底下最光辉的职业
教师是园丁，是甘霖
耕耘和浇灌着祖国的花朵
教师是灯塔，是罗盘
照亮和指明着学生前进的方向
教师是阳光，是春雨
温暖和滋润着孩子们的心田
教师是春蚕，是蜡烛
春蚕到死丝方尽，蜡炬成灰泪始干
教师是人类灵魂的工程师
开启和塑造着孩子的未来
教师是严父，是慈母
为学生倾注了全部的心血与爱

教师，太阳底下最神圣的职业
虽然我曾一度离开那"三尺讲台"
但"教师"这个称呼
让我倍感到骄傲与自豪
我要为教师唱响一曲嘹亮的颂歌
让它在天地之间永久回荡

刘晓林，江西省作家协会会员。

2023.9.10 星期日

癸卯兔年
七月廿六

晒秋——婆源篁岭古村落 / 刘雅阁

青砖黛瓦马头墙梯田花海，云上故乡秋意浓秋很小，在笸箩里秋很大，需要至少四个地球秋很轻，村东头升起炊烟秋很重，天平的一端压着社稷江山

晒秋黄，菊花玉米金佛手晒秋红，柿子辣椒茱萸鲜晒秋忙，云端摆满调色盘晒秋闲，桃花源里见南山 秋阳杲杲，沐金风久别归来灯下有人等。妈妈备下丰饶宴，翻晒一季好心情晒秋——收秋，过严冬

刘雅阁，中国诗歌学会会员，老舍文学院诗歌高研班学员。

2023.9.11 星期一

癸卯兔年
七月廿七

秋 意 / 北 琪

向日葵低下头颅
风雨过后，内心
早已被阳光蓄满

麦子走过青涩
不再锋芒毕露
挺直腰杆，捧出金黄

马铃薯从未屈从黑暗
从母体分离那一刻，就在酝酿
重见光明

一声雁鸣
刚刚在空中吟出别意
稻浪便在大地上，写下
起伏的诗行

北琪，内蒙古作家协会会员，中国诗歌学会会员。

癸卯兔年
七月廿八

在横河，我们一起登山 / 路军锋

还不到秋分，杏花诗社的诗人们
却早早平分了秋色

一些山峰高出了云端
而山体的一些敏感部位
却略低于我们的脚掌

加持过的杏花，在诗人们的拥簇下
以一面红色的经幡
上上下下在盘亭布阵

古村落一些用旧的石头房
与诗人的思想碰撞
又诞生了一些惊叹的句子

在诗人驿站，晋义涌酒坛倒出的一串串诗句
让小院的阳光醉卧不起

溪源河畔，在流水最谦卑的地方
诗人们采摘了满肚子半熟的诗句
陷入一个不能自拔的阵地

路军锋，中国诗歌学会会员，山西作家协会会员、山西美术家协会
会员。

癸卯兔年
七月廿九

今晚，记得看月亮 / 黑骏马

八月十五夜
中秋节的上党
是再美不过的地方
观月有最佳的角度和视线
今晚，在每个诗人的心里
都会掀起十二级的风暴

赏月
是中国人独有的思念晚会
这是那位天才的设计师布置的
晚会现场
天上挂着一个玉盘
上党盆地托着一个天然的玉盘
它们无限默契，遥相呼应

这样的晚会
也只有上党的高海拔才能承办

如果真是这样
今晚，记得我们一起
看月亮

黑骏马，原名白宝良。山西作家协会会员，长治市作家协会副主席。

癸卯兔年
七月三十

秋天的风 / 姜 兰

喜欢清朗安静的心境
却独衷丝丝凉爽的惬意
最豁达的情怀
莫过于这秋日里的风

和着自然的韵律
伴着日月交替
听着流水潺潺
看着万物婆娑

卷走夏雨的肆虐
催熟寸草结籽的心愿
吹红硕果殷实的笑脸
串起一摞摞迭落丰盈的时光

一路走过
不曾停歇
一程青涩　一程锦绣
半路繁华　半路萧瑟
过目不惊　素心依然
终不负——
生而为风
此生为风

姜兰，中国诗歌学会会员，山东省作家协会会员。

2023.9.15 星期五

癸卯兔年
八月初一

秋 怀 /舒 然

有多少生活的背景
没有整理好就离开
当你越过大雨磅礴的清晨
睡意朦胧的街灯
回首昨夜的欢爱和理想
像街角呼啸而过的马达声
然后你听到一个流转的余音
每一个场所，都充满一种精神
都有它坚强的等待

舒然，江西人。艺术家、书画收藏家、国际诗歌文化推广者，出版
过诗集。

癸卯兔年
八月初二

行走望天鹅 / 东方惠

无意中，一场秋雨
给望天鹅洗个冷水澡
沐浴了朝阳之后的望天鹅
更加清亮、美丽和端庄

更亮的，是千柱峰
托起的太阳，照进峡谷
美颜了母子瀑的彩虹
和九叠瀑的风光

天河瀑，一如既往地
往下流着，不改初衷
或许知道自己，无论
怎么改，都改变不了
望天鹅，它依然是
长白山的魂，长白山
无法更改的另一张面孔

东方惠，原名吴景慧，吉林人。现为某报特约编辑。

2023.9.17 星期日

马鞍山听秋 / 甘建华

观景台在山头的另一面

可以凭栏远眺八方

万亩竹林如海

见不到人家与炊烟

群山奔突如马

夕阳辉映出

西斯廷教堂圆穹的图画

吾妻与小女

指点着各处山脊线

争说哪处像马鞍

哪处像狮头、天狗、睡佛

极尽各种想象之能事

山在金风中奔跑

近处竹林中

倏地传来一阵喧哗

似有三两只野兔驰过

侧耳倾听

大地山河的诗意

承载不了一只鸟的忧伤

2023.9.18 星期一

甘建华，湖南衡阳人。中国作家协会会员，高级编辑、文化学者。

江孜，秋天到达幸福顶峰 / 陈跃军

一百多年过去了，献血染红的宗山
依然像一个士兵，笔直站立在年楚河畔
一只鸽子从白居寺起飞，俯瞰英雄大地
绿油油的青稞，黄灿灿的油菜
都排成整齐的方阵，等待着检阅

麦穗在低头沉思，蜜蜂在忙着采蜜
库房里的镰刀，整装待发的收割机
田野里的老鼠以及村头的卓玛
都心急如火地，等待着秋天的到来
等待一场幸福的收割，等待颗粒归仓

当布谷鸟叫声响起，时间开始奔跑
镰刀在飞舞，机器在轰鸣
汗水在飘洒，笑声在飘荡
一年的辛劳化成一杯青稞酒
让父老乡亲在幸福里沉醉

陈跃军，山西芮城人。中国作家协会会员。

2023.9.19 星期二

癸卯兔年
八月初五

秋 / 刘傲夫

来自一片黄叶的落下
但这还不够
来自你那日早上
添加的风衣
但这还不够
来自今早你靠近人群时
戴上的口罩
你喷出的气
在你眼镜上形成的一层水雾

刘傲夫，江西瑞金人。先后就读于清华大学、北京电影学院。

癸卯兔年
八月初六

九　月/西　可

九月让一切迅猛

灰飞烟灭，那时我学着涂色

天蓝色、红色依次类推

渲染发生过、抗争过的每一件事

我也有足够的时间整理恩怨

——握手言和

可怜的母亲，她看着我

起早贪黑，梦想改变命运

所有的一切，割舍不下的

关于她躺在炕上，不肯闭眼

熟悉的房舍，几件心爱的灶具

以及家里那点平淡的日子

我都是后来才知道详情

然后，长长地出了一口气

像一个报国无门的书生

也不是养老送终的孝子

西可，原名杨维周，甘肃平凉人。中国作家协会会员。

阊门望月 / 顾艳龙

那夜，巍峨的古城门上灯光闪耀

一轮明月，辉映一脉河水

杂乱的人影和脚步声，在水面晃荡

一滴挂在祖先脸上的泪

甩入命运的旋涡

异乡的那一头，盐灶、苇荡或海滩

一棵皂荚树站成怀乡的好望角

六百年，每个月圆之夜

堆盐的灶民，刈草的乡民和海里的渔民

说了又说

格式化的记忆里，是耕读传家的大红春联

暗藏洪武赶散的密码

泛黄漫漶的家谱

载着子子孙孙无尽的期盼

望月阊门

梦中的泪水从古运河中溯流而来

而今夜，有隆隆高铁加速穿越

将古典的月色运回

登瀛桥、范堤或瓜井

并将一朵枯枝牡丹照亮……

顾艳龙，原名顾燕龙。江苏省作家协会会员。

2023.9.22 星期五

高粱与秋分 / 龚　刚

秋分是一条蛛丝，把虚空一分为二
即将干涸的溪流，像抓住跌落的命运一样
抓住第一片落叶

高粱穗缓缓点燃时间
无比接近的天地
并不急于寻找分界

还记得多年前被黏住的月色吗
蒲扇，竹凳，并非幻听的蝉鸣
如同消失的狐仙

成熟与腐烂
从无声无息中杀开一条血路
文明生死未卜

在腐烂之前完成蜕变
世界还原为水

火焰潜入水中
如同时间回到时间

龚刚，北京大学文学博士，澳门大学中文系教授、评论家。

癸卯兔年
秋　分

秋分，二十四节气中的第十六个节气，秋季第四个节气。于每年公历9月22日至24日交节。秋分这天太阳几乎直射地球赤道，全球各地昼夜等长。"分"即为"平分""半"的意思，除指昼夜平分外，还有一层意思是平分了秋季。秋分日后，太阳光直射位置南移，北半球昼短夜长，昼夜温差加大，气温逐日下降。

九月的朝天椒 / 秦　风

绿叶都快掉光了，这仿佛是必经的灵肉
分离。如我，八月举起的一支垂直的红色
这九月的温度计：酷热，裸露，尖锐
像黑海呼啸而来的飞弹，一块烧红的
乌克兰上空炸开的弹片与剑指
愤怒的热浪与静默的火焰，烧焦了自己
每个物种，都流落在异国他乡
疫病，死灰不灭的火苗
隐藏着人类所有的真相与疼痛
它蒙住了人间的半张嘴和脸
大地上到处都是油锅
谁怕，我自有朝天椒浑身的火辣

秦风，原名蒲建雄。四川省作家协会会员，成都文学院签约作家。

2023.9.24　星期日

秋天，酿一壶时光的酒 / 陈灿荣

风，拿出收藏的凉意
送给在角落躲避曝晒的生命
季节铺开柔软、自然和辽阔
目光像情怀，天边不是界限

江河，甩开复杂的烦恼
流一条望不见尽头的清澈绸带
缠绕季节。湖泊
仙女梳妆遗失的镜子
照亮心境

果实，不再青涩
一树树饱满的香甜
被乡亲逐一收摘和存放
但愿日子，从此甜蜜

星辉闪耀，月亮渐满，白云相伴
秋夜，有装不完的遐想
梦里，酿一壶岁月的酒
中秋前夜，快递远方

陈灿荣，广东顺德界外诗社副社长，著有诗集两部。

2023.9.25 星期一

癸卯兔年
八月十一

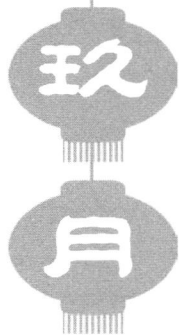

今晚月圆 / 文　博

今晚月圆
蓝色的乡愁却把李白
抬头望见的那轮明月遮挡
我梦想乘杜甫牵动故园的一叶孤舟
将灵魂摆渡过浩瀚的银河
直向月宫

月宫浩渺，如梦初醒
嫦娥盛装眺望远方
似乎在等待婵娟款款而来
月光下，我独酌一杯桂花酒
风飘着桂花馥郁
和着月光的相思
一滴滴的，溢出了杯盏
乡愁挂满了桂树的枝桠
树顶上的月盘如故乡的荷花

今晚，舀一瓢银河水
服下一粒玉兔的药丸
才能解我思念故乡的疼

文博，中国金融作家协会会员，海南省作家协会会员，律师。

2023.9.26　星期二

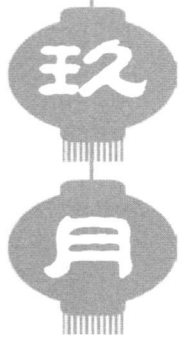

告慰未来 / 勒格阿呷

嚼碎屈辱，请风拔出带刺的拳头

即使杀伤力直逼我吐血

深秋凉凉，愤怒缩影下的隐忍

冬天提早的背弃信诺

相信吧，命运有时候要你遍体鳞伤

鼠年嘎吱作响的不仅是情感的灾难

毒疫、洪水猛兽，皆是命中孕育的魔胎

看不见的泪总模糊我的路

宽恕眼泪吧，所有闪亮登场的一切

刚好渲染命运。已发酵的生活

正需品尝霉烂的味道

我要在阳光下涂抹口红

就像见证命运溅落的残血一样自然

我要继续拥抱被命运截肢的孩子

抽出无数的，这些年蓄积的爱

抚摸焦虑的太阳

让光亮铺满未来

勒格阿呷，彝族，四川凉山人。西昌学院教师，中国少数民族作家学会会员。

2023.9.27 星期三

癸卯兔年
八月十三

八月十五 / 古明川

每一盏窗灯都是一弯明月

记录阴晴圆缺

而真正的月亮正从南山之南坡出发

到达任意场合

等待你多情感慨

八月十五需要寻找光的洗染

更加轻柔地步入这今夕良夜

正如，我们祈愿一切美好

且充满未来彼岸

古明川，青海省作家协会会员，西宁市作家协会副主席。

2023.9.28 星期四

癸卯兔年
八月十四

中　秋 / 李家宁

那年月圆　父母年轻
兄妹姐妹太多
全家人　分割一块月饼品尝

后来兄妹们　都长大了
整盒的月饼　放在那里
谁也不再贪婪

而今兄妹们都成了家
团聚的日子里
父母的笑脸　比月光还亮

香烟袅袅　不邀月不换盏　不读唐宋诗章
只看月色抚摸每一片花朵
只观月色熬制清凉

桂花飘来的香气缠绕在心头
潮水般涌来的诗意
全盘泛滥

这一夜我不写诗
那些盈亏圆缺的事
都在今夜酒杯里盛满

李家宁，福建作家协会会员。

2023.9.29　星期五

癸卯兔年
中秋节

中秋之夜 / 王爱红

秋天渐深
天上的白云越加清晰
中秋之夜
微风吹圆了月亮

高亢的歌，唱歌的人
比我唱得更好
你们满怀高尚的爱情
你们赏月，融进黄金的果子

早就登上高高的山坡
坚守着最后的阵地
已经等待很久了，你们
需要站起来，让所有的人

都能够看到月亮的脸
美丽、皎洁

王爱红，中国作家协会会员、中国美术家协会会员、中国书法家协会会员。

2023.9.30 星期六

高原那些金黄山坡时间 / 北　乔

山坡上的秋风正在燃烧，如此激情
山后一定有人在举杯豪饮
牛羊的神情有些焦虑
还有几朵野花绽放于浓密的草丛中

山坡不算大，别担心
这里可以盛放所有的情绪
高原大山深处，允许人间的脚步

湛蓝的天空只有一朵云
像因贪玩而忘记回家的孩子
孤单，但不孤独

在这片山坡上
有的向上，成为冰雪的白天
有的向下，回到大地里的夜晚

北乔，江苏东台人。中国作家协会创研部副主任。

2023.10.1　星期日

癸卯兔年
国庆节

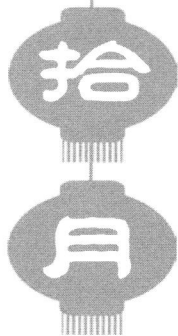

绚烂的秋日 / 师力斌

比想象中的要炫亿万倍
白蜡树越老
秋天越美丽
跟你作对似的，叶子上变幻
所有颜色的蝴蝶翅膀
仿佛斑斓本身是
最牛掰的舞蹈家
闪烁的阳光中，宣武门树荫
可抵达无知的童年
那时候，你的黑发
比牡丹园春天的细草
还要茂盛
胸中平展的勇气，鼓励你
长大，长大
直吃到肚子发胀，像
这个城市吞进所有的汽车
然后向前疯跑
秋风打着旋在撒欢儿呢
冷是红的
苦是褐色的
连最暧昧的郁闷都一派金黄
一棵树带给你四季
并教会你真正的美学
那座大楼代替你
在蓝天下挺起多虑的胸膛

师力斌，笔名晋力，山西人。北京大学文学博士，《北京文学》执行主编。

2023.10.2 星期一

癸卯兔年
八月十八

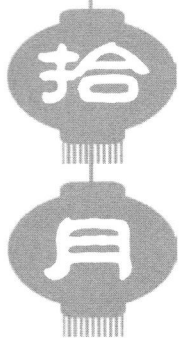

桂　花 / 赵晓梦

我不在乎这是谁留下的足迹
某个地方、某个角落，甚至某个
白天或者夜晚，动脉或者静脉
正悉数前来辨认自己的姓名
尽管这个季节已忘记自己的名字
尽管裂开的星球已推迟醒来
你要做的只是为树的健康作证

每个人都有自己的出生地
也有不可预知的社区与牛奶
野炊的灰烬也有千山和万水
跑步拥抱的道路和空气
与时间的皱纹为邻，与可能
认识的花园和旷野建立合同关系
从上次离开的位置开始编辑

不想交出去的屋顶就系在腰间
造访的那棵树，凝视的那些纱巾
在年龄还不够风吹拂的有朝一日
头枕波浪辗转于夜晚的岩石与亲人
成为一门永久性的学问。距离不算远
秋风亲吻过的鸟群与森林找到了
一如这桂花突然向我伸出双臂

赵晓梦，中国作家协会会员，中国诗歌学会理事，高级编辑。

癸卯兔年
八月十九

小山坡纪事 / 王桂林

"如果阳光此时耀眼
它就终身耀眼"。刚说着
公路已到尽头，就看到了
斜躺在阳光里的小山坡。

稀疏的柿子林，叶子已经落尽。
满树的柿子闪耀，自足
而略带羞涩。一个父亲正
笨拙地爬到上面，摇晃——

柿子落下，惊起他年幼的女儿
山枣般碎红的笑声。不远处
一只黄鼠狼跃起，从草丛
蹿进灰绿杂陈的松林间。

沿着山里人踩出的小路，来到
柿林和松林对接的地方，那里
铺满砾石和落叶，一朵牵牛花
摆在落叶之上……

王桂林，山东东营人。中国作家协会会员，山东省书法家协会会员。

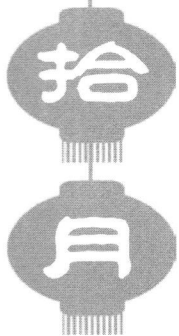

王屋山 / 南　鸥

恍若隔世，我穿越了两千多年
我不知道先辈们是如何流落到贵州
我只知道，我是两千多年之后
才来到始祖的身前

每一棵小树都在与我说话
每一块石头，都睁大眼睛看着我
他们知道我是千年的同族
是兄弟，是手足

如站在两千多年的宗庙
血液拍打着时间，所有的列祖列宗
纷纷浮现。始祖的姓氏如肋骨
支撑着时间的海拔

十月的天空，泪流满面
那是先祖的泪水漫过天庭和时间
群山俯下身子，一个姓氏的
起笔，画出了地平线

南鸥，原名王军。贵州省诗歌学会会长，贵州省新诗研究中心主任。

2023.10.5
星期四

癸卯兔年
八月廿一

秋天的一天 / 大　枪

女人一大早就在拆被罩，昨天我就在一首

隐喻的诗里用到"一大早"这个词

不这么叙述好像总感觉虚度时光

她首先把我赶起床，接着是三个孩子

她埋怨他们什么也干不了，像一个诗人

她要赶在大片的蝴蝶停飞前完成拆洗

就像农民赶在霜降前完成对北方的收割

接着她开始擦厨房，她说秋天了，要让

厨具蓄得住粮食上的记忆，还呵斥

在地上跟踪脚印的猫咪，老实地坐回窝里去

中途她还把四片蓝色的药丸咽进嘴里

试图不让季节性皮炎引发的瘙痒停下工作

从她满足的表情像在吞咽歌剧里的休止符

（她说晚上听到瘙痒在小腹上琴键一样跳动）

趁着忙她的小儿子会偷拿橡木柜高层的

糖果，这往往会摔碎某个精心装插的花瓶

小家伙通常在这时叫她小蕊姑姑

这是预防挨揍的经验——学她娘家的

侄子们的称呼。这些碎片构成不朽的一天

进入十月她就喜欢擦洗，喜欢埋怨

除非在她坐到画框前，画画布上的秋天

才会安静地呈现一个三十多岁女人的全新版本

大枪，江西修水人。《诗林》杂志特邀栏目主持人，杨万里诗歌奖获得者。

2023.10.6　星期五

癸卯兔年
八月廿二

深秋的秩序 / 陈巨飞

深秋的秩序：一群松柏在山冈上奔跑
她们倾斜的姿势，她们脚下的火焰
她们携带的岁月的风声
她们对往事的遗忘，以及对秘密的
守口如瓶
我必须加速追赶，才能看清变幻的踪影
我必须放弃生命的绿意
才能抵达燃烧的温暖

我长久地怀念一个劈柴备冬的人
在阳光下，他哈着热气
在缓慢的动作中他对生活的热爱
让我愧疚。他身着单衣
将奔跑的树木一劈两半，多么利索
他端坐着，拦腰斩断的秋天，多么浩大

陈巨飞，中国作家协会会员，安徽文学院签约作家，《诗歌月刊》
编辑部主任。

2023.10.7 星期六

癸卯兔年
八月廿三

寒　露 / 爱　松

一天，凝结成一滴
这是蚂蚁在阴影中
寻觅食物的方式

直角进入椭圆
这是我的牙齿
切入你头发的算式

看不见的黑，收敛起
幻象的空中之手
它牵绊过，一根银丝线
短命而飞

爱松，原名段爱松。中国作家协会会员。

癸卯兔年
寒　露

寒露，二十四节气中的第十七个节气，秋季的第五个节气。于每年公历10月7日至9日交节。寒露，是深秋的节令，干支历戌月的起始。寒露是一个反映气候变化特征的节气。进入寒露，时有冷空气南下，昼夜温差较大，并且秋燥明显。

在秋天 / 李永才

看少年迎江风，看榆树吹落秋天

一色青山掠过大雁时

我在嵇康的铁匠铺

迎来了，柳絮一样的秋天

秋天深如落叶时

少年津渡别红颜，忍看陶醉的女子

红枫树一样地红

少年走出山冈，走出你的时间

仿佛从一册旧书中取出

一只花蝴蝶

怎么读，都读不懂你的背影

你的身后，一场秋雨缓缓爬出院子

又向一座山冈走去

那雨后的彩虹，是你来不及带走的微笑

隐约加深了黄昏的颜色

如果颜色与心情无关

那就让漫山枫叶，为你送行

李永才，中国作家协会会员，成都市作家协会诗歌委员会主任。

2023.10.9 星期一

癸卯兔年
八月廿五

秋天往事 / 路文彬

我只是同春天打了个照面
便一路狂奔过夏天
与令我幸福得战栗的秋天
撞了个满怀
在秋天的衣襟上
我嗅着季节的气息
开始享受初恋的眩晕
请原谅
我已忘记匆匆此行的目的
只顾于落叶中拣拾片片往事

不知不觉
又有什么飘然而至
还是落叶吗
不，人们说那是雪
在雪中
人们一下子失去了惯有的从容
到处打听火种的去向
唯有我
依旧坐守在落叶旁
细读那的确滚烫的记忆
我真想告诉人们啊
其实，秋天并没有远去
秋天又怎么会远去呢

路文彬，北京语言大学教授、评论家，梁晓声青年文学奖发起人之一。

2023.10.10 星期二

癸卯兔年
八月廿六

海子的十月 / 鲁 翰

我的海子，在遥远的北草地
十月的萧风一如昭君的琵琶
低低地弹拨幽怨和悲凉
原本就是一汪一汪涕泗的泪泊
因为清旷，因为驼铃
已然被残阳抚摸过的激滟
晾成含碱的丛丛蒹葭
白岸如雪

鲁翰，陕西作家协会会员。

2023.10.11 星期三

癸卯兔年
八月廿七

溪口镇印象 / 游 华

正因为台风
我们初识一个星散灯弱的街道
山影遁入厚重的夜色
河水交替在耳畔左右静静地抒情
只有千层饼的酥香
一直残留在岁月的深处

又是一场台风
把今夜刮入曾相似的街道
灯火拉亮古镇的长度
每一扇门的灯光放映南来北往的身影
彩灯摇曳的河面
与群山和韵最美的秋天

武岭门向时间一直敞开着
丰镐房中的一声啼哭
让这条街成为民国达官贵人的"走台"
当然少不了裕泰盐铺当年的坚挺
如今数个貌似已故先生的范儿
博取无数惊诧的眼光
却让岁月很尴尬
文昌阁见证历史的盛衰
但愿杜鹃谷不再泣血

游华，江西省作家协会会员，江西省民俗摄影协会主席。

2023.10.12 星期四

癸卯兔年
八月廿八

向日葵 / 刘西平

天上形单影只的太阳
落在人的眼里
我在田野中拾起你
遗落的调色盘
比火炉燃烧得还旺的
辉煌，辉煌

你低头不语
却将温暖脉脉流转
照亮整个季节的光
永远的太阳
向日葵

刘西平，四川农业大学研究生。

2023.10.13 星期五

癸卯兔年
八月廿九

在秋天的田野 / 倩儿宝贝

昨夜的薄霜
将一片片枫叶吻红了脸
金盏菊委屈的花瓣
掉落在我们经过的小路旁
你牵着我的手
坐在风光烂漫的田野

金色的稻谷
摇曳多姿的浪花
一朵朵
盛开在辽阔的大地怀中
你和我的喁喁私语
就请这无垠的海深藏

秋来了，我好想
也获得自己的好收成
还要比旧的一年多一些
前来窥探消息的小瓢虫
我的心思，它不懂

倩儿宝贝，原名刘倩儿，又名贺英。作家、书画家、武术爱好者。

2023.10.14 星期六

八月三十

· 287 ·

高原雪 / 杨四平

成群成群的雪豹
自天而降
白化着青藏高原
连寂寥也白了

汲汲草白了
格桑花白了
雄牛与肥羊白了
哈拉图库古城白了

你会变形隐身
你躲藏在青稞酒里
你流淌到湟水河中

你我肌肤相亲
在我的一呼一吸中
你渗入我的血液

没有雪意的人
难说是个好人
而太有雪意的人
可能是悲壮的

杨四平，安徽宿松人。上海外国语大学教授、评论家。

癸卯兔年
九月初一

红色十月——献给党的二十大 / 贺焕明

北京，红色的十月
鲜红的旗帜在舞动
红色的旋律在耳边庄严地奏响
天安门广场——共和国的心脏
连接着广袤的国土，格外辽阔
此时，五十六个民族
亿万颗心与北京城一起跳动

人民大会堂的穹顶灯光璀璨
有如星星闪灼、银河流淌
那是党的二十大翻开崭新的篇章
回眸百年坎坷历程
谁曾想南湖的那条小船
在历史的惊涛骇浪中
能冲破厚重的黑暗
承载起一个古老民族复兴的梦想

仰望人民大会堂穹顶，
中央，那颗硕大的红五星
是党的初心在闪亮
它那熠熠的光辉
正照耀着十四亿多炎黄子孙
劈荆斩棘 砥砺前行
向着第二个一百年的宏伟目标阔步迈进

贺焕明，江西萍乡市安源区作家协会主席，安源湘赣名人文化研究会会长。

2023.10.16 星期一

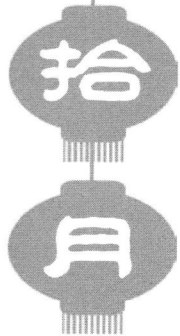

果 园 / 涂国文

虚幻的果园。斜搁在大地上的六弦琴
启明星的弦钮在旋转，调校秋天的音色

群山的弦枕，垫起一片青色曙光
秋风的帷幕掀动，露出时光惺忪的面容

六条河流，裹挟着黄金的秸秆
穿过途中的二十座桥梁，向着白银时代漫卷

深不可测的漩涡，潜伏在正午的阳光下
悬空的钢索与悬空的命运，在虚妄中胶着

三套车在黄昏的峭壁上辘辘奔驰
黑暗与籽粒，一齐在巨大的果肉中轰鸣

涂国文，中国作家协会会员，浙江省写作学会副会长。

2023.10.17 星期二

癸卯兔年
九月初三

枯　草 / 王立世

山坡上一撮枯草
秋风吹得瑟瑟发抖
他们也曾绿过
也有过春天
但体能耗尽
灵魂已不会疼痛

王立世，中国作家协会会员。

2023.10.18　星期三

癸卯兔年
九月初四

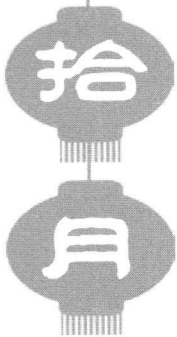

林中听雨 / 唐江波

落叶掠走了秋天最后一片领地
浮生的万物和一朵无事生非的云
正在密谋一场雨的到来
它赶来时我还一无所知
谢谢你的光临，亲爱的雨
林中只有我一个人
云层的手把树林压得很低
雨水在一座民国车站
以及一场虚伪的爱情中跳跃
还有悄然开放的蒲公英
和日思夜想的家乡
我笃定，这场雨来自唐朝的渭城
西出阳关，就再也见不到
我最牵挂的人

唐江波，山东省作家协会会员。

2023.10.19 星期四

癸卯兔年
九月初五

清华园的秋色 /金占明

晚秋

学堂路两侧的银杏树

叶子变成一片鹅黄

金灿灿的

那么夸张

与枫叶的红

和松枝的翠

相得益彰

衬托二校门的白

洁净如霜

清华园的秋色

又一次吸引人们的目光

金占明，博士、中国诗歌学会会员，清华大学经济管理学院教授。

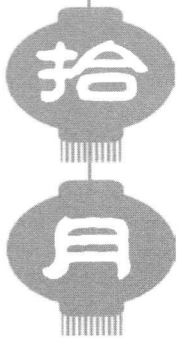

深秋的雨 / 程晓琴

雨，淅淅沥沥地敲打着门廊
回荡着深秋的阵阵声响
一大滴一大滴的
吟唱着深厚、广博、粗犷的北方

让我想起家乡的雨
一丝一丝的
清秀地浸润着阁楼的窗
像女子的针线
密密麻麻地织着秋凉
缝缝补补一万年温暖且细碎的旧时光

程晓琴，陕西安康人。中华诗词学会会员。

癸卯兔年
九月初七

入秋以来 / 周园园

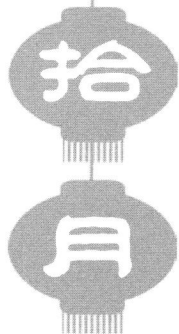

入秋以来，常感到头疼
不想出门，也不做什么
不知如何填满时间
不快乐，也不悲伤
眼泪取消了意义
阳光来了又走
音乐已停止
但并没有及时察觉
隔壁有人谈论着什么
倾身去听却毫无所获
需要鼓起勇气才能去做的事
越来越少了
白日里高傲的头颅
在深夜低低地垂下来

周园园，黑龙江人。文学硕士，出版诗集《回望时光》。

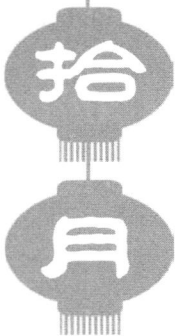

重 阳 / 孔占伟

太阳悄悄跨过高原的边缘
转换了角度的光，加剧了屋内的暖
一朵菊花盛开，数万朵菊花也灿烂
寒霜，逼进花蕊的严酷是无色的
我们一起走向高处，像花朵的高处
感受色彩带来的魅力，风的威力
一项比一项接近冷，高原河谷
绿油油的冬麦像诗一般，别具一格
风景里，高处的光照耀美好
身边的花开出美好
内心的暖生出美好
重阳，在希望的田野里
登上了台阶

孔占伟，中国作家协会会员，青海省作家协会主席团委员。

2023.10.23 星期一

癸卯兔年
九月初九

霜降，与一株沙棘对视/雷　子

在知道它的名字之前
我已品尝过它金色的浆果
那是一缕令舌尖发颤的酸爽与微苦

一株株沙棘以独居禅修的方式栖居
那嫩枝褐绿的锈色站成了高原的蓬勃
错落细密的冰刺藏匿生命的激情与坎坷

沙棘树的身体里流淌着野性的血
浓郁的寒雾也无法喂饱它的饥渴
鸟鹊吟颂着它无私馈赠果实的赞歌

我窥其魂魄的凛冽以及素净的性格
当一株株老沙棘树抖完阳光的鳞片后
就站成川西北高原与深秋独语的胡杨木

雷子，中国作家协会会员，四川阿坝藏族羌族自治州作家协会副主席。

癸卯兔年
霜　降

霜降，二十四节气中的第十八个节气，秋季的最后一个节气。于每年公历10月23日至24日交节。进入霜降节气后，深秋景象明显，冷空气南下越来越频繁。霜降不是表示"降霜"，而是表示气温骤降、昼夜温差大。就全国平均而言，"霜降"是一年之中昼夜温差最大的时节。

寂静书 / 牛梦牛

十月的太行
山色斑斓，辉煌
我独坐在山色斑斓而辉煌的太行山上
像个伏虎的罗汉，像个
旷世独夫。语言，被我又一次
放置于沉默中

此刻寂静，我不想与任何人分享
除了，几只鸟
一阵风

牛梦牛，原名牛梦龙。山西省作家协会会员。

癸卯兔年
九月十一

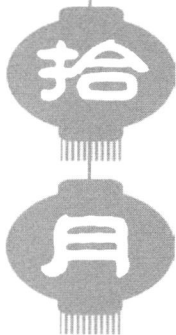

古风旧雨依镇楼 / 方　明

斑残的粉墙黛瓦留住
朴拙神貌　时间冷送悠悠白云
却扯住毗邻张籍《送稽亭山僧》绝句
为秋色拉长最忧伤吟哦

伴着画江流水漂浮的梅柳絮片
佛性与诗韵便成一阕咏怀绝唱
而达摩投盘的涟漪荡漾众生祈渴的迷津
让缱绻心事绽开欢喜

繁嚣的江湖在流光里磨损
剩余笼罩的静谧悬挂着
微晕的红灯笼
以缄默啄破阵阵游人跫音

千出戏曲堆起新华剧院
不寐的招牌仍呼吸着尘世变幻
在日子无声里添加爱恨情仇
旅人在此都被洗礼成哲者

不管碳碟穹苍晒月曝日
唯你独唱的回响
在历史长廊里修葺着千年
璀璨摇曳的踱声

方明，中国台湾旅法诗人，《两岸诗》杂志创办人。

2023.10.26 星期四

枫 叶 / 范丹花

像是为了某种应答而来
轻与重，生机与腐朽在丛叶
统一，上升
到深秋，所有底色鲜艳的人
都会受到致命诱惑，仿佛
是只有经历那种阵痛，炼狱之后
才会向你奔来的
这之后又一定凋敝的叶子
在半路，在人群，
在僻静的山体就已经抱紧了
那片落红
它们触摸过彼此的风暴，此刻
正把灵魂返还在一棵一棵树上
为了获得短暂垂爱或有限的
领悟
而匆匆活着

范丹花，江西省作家协会会员。

癸卯兔年
九月十三

守 月
——兼致温文锦／布非步

如果你的心疼痛，它不会永远疼痛。
我们还要等待多久？这也是我的问题
秋天已深入一株接骨木的身体内部
宝女，黄昏贴地飞行
比时间更快的是，关于美的消逝的
不确定性隐喻。光芒那么容易闭合
仿佛月亮沉入群星的黑暗里
它曾经像鞭子抽打在我们的脸上
还有一群舞蹈的孩子
他们爱着这上升的方式
就像爱上自闭

布非步，曾用名布尔乔亚，本名布独伊。当代女诗人。

深秋的天空 / 王若冰

秋风从我背后吹来
大地一片宁静
一浪一浪的水波
加深了天空的高度

深秋了。时光
在返乡路上徘徊
怀抱蓝天的玉米
内心仅剩一点短暂的光芒

头顶瓦蓝瓦蓝的蓝色
冰凉的感觉还在上升
我看见一座房子房门洞开
室内空无一人

王若冰，甘肃天水人。高级编辑、纪录片撰稿人。

2023.10.29
星期日

癸卯兔年
九月十五

秋日图画 / 肖春香

我爱秋日天空的沉静，淡远
爱它收起了电闪雷鸣的内心

仿佛世间一切
都有了结果
草木褪去繁复的叶片，土地接纳了所有

我爱我自己
等于爱万里江山
我爱喷薄而出的中国红
等于我爱这挂满枝头的果实
我拼尽全力捧出的心
是一面十月的旗帜

肖春香，江西省作家协会会员，江西新余学院教师。

拾月

晚　秋 / 陈映霞

秋天，我们在落叶里
寻找时光之果

它已经干瘪
挂不住轻如落叶的爱情

果林被霜雪扫荡之后
园丁不愿提起春之妩媚
遇见的时候
已是生命的晚秋
我们羞于提起青春
但是我们谈及爱情，小心翼翼

犹如守护着旷野上的一苗火焰
怕它灭了
又怕它烧成燎原之火

陈映霞，广东省作家协会会员。

2023.10.31　星期二

癸卯兔年
九月十七

秋天凉了 / 郭新民

鸽子从远山清脆划过
暮秋洗涤明静的天空
山风吹着散淡的口哨
远村的秋天，摆出一副孤傲不驯
遍地疯长的狗尾草摇尾乞怜

大地上那些倔强的葵秆
在秋风中向天而立
头颅虽已被掳掠割取
可葵们向天挺直的躯体
依然是倔强站立的姿态

那是一种象征或隐喻
土地上艰辛劳作的人们
被冷酷无情的岁月
一茬又一茬地收割
让你想起人世间的残酷与无奈

悲凉而苍茫的原野
仍然有蟋蟀鸣叫蝈蝈呐喊
该反思天空的某些脸色
该尊重麻雀和乌鸦的一些叫声
该聆听大地激越的心跳

郭新民，中国作家协会会员，中国诗歌学会常务理事。

2023.11.1 星期三

癸卯兔年
九月十八

团泊湖的秋天 / 徐柏坚

四海为家，天空高远
叶子落在十月
这是秋天，我梦想的果实
它们不为世界而改变

有许多动物栖息在山林中
我自由漫步，听秋风扫过落叶
我看着小桥下的溪水和古寺
心灵的清风改变山河的气息

鸟儿衔着阳光穿梭，展开美丽的双翼
迅速从水面升向树木的高枝
若干年后，我独自来到这空旷的团泊湖
回首往事，风中传来孩子们嘹亮的歌声

群山让我感动，眺望秋雁南飞
朋友，看看这落日下壮丽的山河

徐柏坚，中国作家协会会员，天津市高级人民法院法官。

2023.11.2 星期四

癸卯兔年
九月十九

深秋简章 / 安　然

故乡的秋天
它要有稻穗、豆荚
和一场霜冻之夜

我要在稻谷场
携带秋天的辽阔
一个人走向生命的远阔

我将坐在河岸打开一个
完整的自己，一个没有
伤痛，没有悔过
没有病入膏肓的自己

我将在枯槁的光斑中
去记忆，去遗忘
以一个审判者的身份，去度量
生命的高低

我将跑在落日的前面
为了暴雨和高阳
我替自己命名

安然，满族，内蒙古赤峰人。中国作家协会会员。

2023.11.3　星期五

癸卯兔年
九月二十

秋 日 / 孙大梅

大地之上，秋天正举行着
一年一度的节日庆典
所有的草木，都动了恻隐之心
它们以飞羾的姿态
与万物载歌载舞
沉醉在自己的节日里
风，一次次传递着远方的呼唤
醒了种子提前上路的激情
一粒草籽，创造了一个盛大的草原
无数粒草籽就有无数个芳草碧连天

孙大梅，中国作家协会会员。

2023.11.4 星期六

癸卯兔年
九月廿一

秋日即景 / 曹 波

秋天的山
红一片绿一片
黄一片金一片
紫一片青一片
空一片紧一片
蓝一片
雾一片雨一片
像我的心
似的

曹波，陕西旅游集团办公室主任。

寒 秋 / 肖 扬

北枝无力
送雁南去
马蹄踏桥西
红叶落尘埃
无意拾起
谁把那花灯换遍
谁传尺素托鸿雁？
江湖去路长
跋山涉水
四方颠簸
回头不见故人眸
风随秋意过重阳
雨追寒秋欲谢场
孤独是半身浸江
寒水生凉
寂寞是全身如林
秋意渐深

肖扬，江西井冈山人。

2023.11.6 星期一

癸卯兔年
九月廿三

薄薄的 / 钱轩毅

薄薄的钟声盖着薄薄的霜
薄薄的鸟鸣向薄雾深处赴约
仿佛黏稠的夏从未来过

北风的锤子一下又一下地敲击
是要打薄整个人间吗
银杏掏光了最后一枚金币
还是治不好溪水薄薄的相思病

薄薄的邻杵，薄薄的归程
适合看《庄子》，适合抄心经

薄薄的茶香，浅浅地打个盹
哦，这薄薄的余生

钱轩毅，中国民主同盟盟员，江西省修水县作家协会主席。

2023.11.7 星期二

立 冬 / 周庆荣

谁给今天进行命名？

谁把冬天想到了别处？

冬天的形式里，什么样的内容会让人不寒而栗？

岁月悠悠，人们面对季节的拷问，怎样的回答才算
正确？

北风呼啸，三角梅依然开放在心中。

天寒地冻，你我互相找到了暖流。

陌生人，行走的人，请记住生活的名字。

立冬时分，你轻呼温度，生活就会暖起来。

周庆荣，笔名老风。中国作家协会会员，"我们 - 北土城散文诗群"
主要发起人。

癸卯兔年
立 冬

立冬，二十四节气中的第十九个节气，也是冬季的起始。于每年公历 11 月 7
日至 8 日之间交节。立，建始也；冬，终也，万物收藏也。立冬，意味着生气开
始闭蓄，万物进入休养、收藏状态。其气候也由秋季少雨干燥向阴雨寒冻的冬季
气候过渡。

初冬的蓝 / 李仁波

初冬的蓝
是天空的底色
白云悠悠，不紧不慢
匆忙的脚步
也可享受这片刻慵懒

初冬的蓝
是溪流的倒影
泉水叮咚，雾气缓缓
水花和沙纹
搓揉出一些细碎的呢喃

李仁波，侗族，广西融安人。南宁创意、教育工作室主持人。

癸卯兔年
九月廿六

雪落下来 / 徐琳婕

雪落下的时候，我正给孩子们上课
正念到"千里黄云白日曛……"
雪无声地落着，带着不可知的深意
孩子们的眼神脱离我的声线
被一群雪抬高又放低

要怎样落啊，要怎样靠近
奔跑与欢呼并不使它惊慌。雪啊，是雪啊
眼睛，舌头，双手，仿佛都不够用
一靠近，就消失。啊，一靠近
就消失的事物。我在廊前站了许久
直到眼神淡下去。直到心脏
记忆和爱都渐渐淡下去

徐琳婕，江西景德镇人。江西省作家协会会员。

2023.11.10 星期五

癸卯兔年
九月廿七

雪的暖意 / 谭仲池

寒风中，你微笑着
像玉蝴蝶一样飞舞
在梅花的芬芳里，柔姿翩翩
大地在银白里
凝望高天流霞
天空扶摇直上的白鹤
城廓变得圣洁
道路不见踪影
江河与森林拉近了距离
村庄老树枝上的冰花
却嵌进了岁月的记忆

时光在宁静中沉淀相思
凝固着云雨的风流
在孕育丰盈的梦想
和万紫千红的季节

我走向旷野的日暮
去接受夕照暖暖的抚摸
顿时，心中的残雪悄然融化
故土上点点灯火
燃烧着橙黄的乡愁
把我生命的黄昏
染成一片古老的月色

2023.11.11 星期六

谭仲池，湖南省政协原副主席，湖南省文联原主席，著名电影编剧。

癸卯兔年
九月廿八

信 / 孙凡迪

低头，忽然白洁

起身，方遇初雪

雪落下的声音

轻得怕吵醒苍穹

却在野蛮的安逸中闪耀

雪 下得有情有义

欣欣然

落在你的球鞋尖和我的小指畔

我拖拽着最终的失之交臂

回忆泛滥

赶紧进入黑色的花瓣

进入火

爱情的厚爪

张扬在雪和想象的枝繁叶茂间

洪流打着响指

就这样 不惊扰天地

我怀揣着人们眼神里的海

去一个没人看雪的地方

等你

孙凡迪，CCTV-1 天气节目主持人，气象高级工程师，全国百优"金牌主播"。

癸卯兔年
九月廿九

谁的背后 / 多 米

谁的背后，是秋凉的荒野
比荒野更荒野的又是谁的背影
是山，是河，是树？还是
铺满一地的深秋？
是父亲佝偻的肩膀，还是
母亲沾着草屑的头巾？
是你的背后，我的背后，
还是他们的背后？这个季节
不值得我们欢呼，不值得
明天，也许今天晚上
雨就要来了。雨会使天地模糊
一个背影
在雨中
雨淹没背影，背影淹没荒野
但是没有什么能够淹没背影
没有什么能够淹没孤独

多米，原名王春平。中国作家协会会员。

2023.11.13 星期一

雪中的太阳 / 彧　蛇

倾听，却听不到你行色匆匆
凄美的夜，感受着四面刮来的寒风
没温度的季节，已逐渐覆盖了大地
或许，那只是一个幻影
在现实与信念之间，摇曳着我的寒冬

白雪皑皑，走不完漫长的黑夜
我构思着一幕蓝天下的茏葱
大雪已至，你却匿藏在落寞的夜色里
难道，你仍然沉浸于往日
对即将到来的清晨，无动于衷？

你是不落的光，奉献蓝天的炫目
寒冷的冬天，期待着你热情地放纵
如果你今晚一定要离去
让我的眷恋，在你离去的背后
追寻着你的芳踪

当夜色再一次无情地覆盖了大地
但愿，今夜还有梦

彧蛇，原名戴岩。中国诗歌学会会员，加拿大国际华人作家协会会长。

2023.11.14 星期二

癸卯兔年
十月初二

已是冬天 / 泉　子

向下生长的树
倒立着的，匆匆的人
一尾游鱼在鸟儿的阴影中迷路
已是冬天
湖水俯视着心底，那蓝色的孤独

泉子，浙江淳安人。中国作家协会会员。

落　叶 / 姚宏伟

几场秋雨下来
异乡人的衣衫更薄了
蛐蛐们用残了小小的翅膀
将秋风剪成一幅幅乡愁

裁下来的这些碎片
和漂泊的身影混在一起
凑成一阵吹向故乡的风
把裸露的鸟巢一一摇遍

姚宏伟，中国诗歌学会会员，山西作家协会会员。

癸卯兔年
十月初四

挑荠菜 / 育 邦

初冬，大地尽头，
为薄雾笼罩。
她们身着白色的衣裳，
在枯草间跳舞。
可跳不出妈妈的指缝。

她们是你的行星，妈妈。
她们是你飞来飞去的女儿。

妈妈夸着竹篮子沿坡地走上来。
到尘埃落不到的地方，掏出双手。
白霜化为云朵。
穷人的手真温暖啊！

我和弟弟，认不出荠菜。
我们打闹，嬉笑。
学妈妈，去爱她们。
夕阳西下，我们有点忧伤。
坚硬的大地上，
妈妈的影子，一点点黯淡下去。

下雪前，我们会认出荠菜。
可这么快就下雪了，
妈妈。我们
依旧两手空空。

育邦，中国作家协会会员，《雨花》杂志副主编。

2023.11.17 星期五

落　叶 / *石枫恋*

西风日烈，雁阵白云擦拭，
天空之镜湛蓝。

风言风语，饱受非议的树
将自己敲薄、打亮，于木石的内部焠出
火焰，煅造出透明的翅膀！

刺以山川，谷米，百畜和祥云，
描以凤簪，龙纹，百鸟和潮汐。
有沉重肉身经过，就会簌簌落下！

人世有无数种蜷曲，唯落叶的蜷曲有无法比拟的舒展。
春天的惊喜

石枫恋，祖籍山东。甘肃省作家协会会员。

癸卯兔年
十月初六

每一种飞翔，都有灵魂敞开的痕迹 / 石立新

野鸭们成群结对地，
飞过芦苇丛，芦苇的根，
在湖底长大，身体在滩涂上长大。

天麻麻亮，睡眼惺忪的湖面，
像记忆，被纷至沓来的往事催促着，
引导着，涟漪不断……

十一月，苔草汹涌，
长至膝盖，仿佛滚滚热泪，
与大地的脸庞，保持与生俱来的通道。

雁声如钟鸣，
让黎明总是有所不同，滩涂荒凉，
但每一种飞翔，都有灵魂敞开的痕迹。

石立新，中国作家协会会员，江西上饶市作家协会副主席。

2023.11.19 星期日

冬日的芬芳/田红霞

皑皑白雪
是照耀纯洁的灯塔
飞舞着，奔放着
韵脚，鲜活了平仄

像情窦初开的少女
脉脉含情
诠释，一个
白蝴蝶的传奇

当小精灵落在梅花瓣上
馨香
弥漫了整个冬日

田红霞，甘肃省作家协会会员，甘肃敦煌市作家协会理事。

2023.11.20 星期一

癸卯兔年
十月初八

风中的母亲 / 张秀玲

可是，妈妈
此刻，我除了想你
还是想你

想你站在冬风中
一遍遍喊我回家
想你弯着身子
抱着青和黄穿过季节
想你攥紧流血的手指
目光里依旧有天空的蓝
想你对着门前的柳树
数着春天到来的日子

而现在，你的身子
就像一根拐杖
每走一步
我都害怕
把大地戳疼

张秀玲，中国作家协会会员，河北省承德市作家协会副主席。

2023.11.21 星期二

癸卯兔年
十月初九

小 雪/萧 风

江南的雪，一向姗姗来迟。这是你知道的。

只有满湖滩满河岸洁白的芦花，千朵万朵，纷纷扬扬，雪一般随风飘舞。

与北国漫天的飞雪遥相呼应。

可是，毕竟是冬天了。

降温的消息时常接踵而至，令人猝不及防。

而你的叮嘱总比寒流来得更早一些：天气冷了，别忘了添件衣裳。

多年如此，使我深深地感动。

我终于明白：爱，其实很简单。

有时就是一句叮嘱，就是天冷了有人为你披件衣裳。

小雪，这来自天庭的纯洁的女子。

如你的名字一样亲切，如你的心灵一样美好。

一朵雪花在梦里盛开。

就像你，常在我的梦中翩翩起舞。

在我这个北方人眼里，没有雪的冬天，该多么单调，多么乏味呀。

就像春天没有花朵，天空没有云彩。

你说过，有雪的世界是温暖的。

与雪相拥，就是与爱相拥，会使那颗蒙尘的心瞬间纯净起来。

一朵雪花翩然而至，摇醒了我的梦……

萧风，中国散文诗学会理事，湖州师范学院中国散文诗研究中心主任。

2023.11.22 星期三

癸卯兔年
小 雪

小雪，二十四节气中的第二十个节气，冬季第二个节气。于每年公历 11 月 22 日或 23 日交节。小雪是反映降水与气温的节气，它是寒潮和强冷空气活动频数较高的节气。小雪节气的到来，意味着天气会越来越冷、降水量渐增。

残 荷 / *曾春根*

千疮百孔凝聚于心
清风拂过荷塘
只留下半点忧伤
迷醉了多少砚池狼毫
笔墨洒落在干涸的荷塘里
低吟浅唱

秋雨过后
怜悯的只有清冷月光
那朵云，洒下几粒泪珠
依然还是飘远
其实，只需轻描淡写
不该相忘的永远都不会遗忘

曾春根，笔名寒江雪。中国诗歌学会会员，福建省作家协会会员，明溪县作家协会主席。

癸卯兔年
十月十一

又到南山路 / 育 聪

天空灰白，如斑驳的墙面
梧桐叶鸿毛般抖落，亲吻着额头
它黄金的脉络
多么像我一路风霜走来的

那年，寒风瑟瑟
柳条刚刚睁开眼。天南地北的学子
挤爆美院门前的道路
似是湖中的鱼儿全游过来，欲跳龙门

南山书屋旁的屋檐
白鸽雕塑千姿百态，栩栩如生
仿佛从掩映的翠竹间飞起
雕者如今飞向哪里去呢

小桂花长成大树，与楼房比肩相连
正是花开时节，荡漾着淡淡的墨香
谁在挥毫泼墨
是否有我记忆中的那个人么

育聪，福建省作家协会会员。

2023.11.24 星期五

癸卯兔年
十月十二

冬　天 / 涂映雪

这个时辰
秋天已瘦成手掌上的一片红叶

有寒风拂过
阳光虚弱地打了个寒噤
散了一地金亮的碎片

一朵花，开错了季节
慌忙逃离枝头
黯然飘落

而孤独的树木，在蓝天下
不敢伸展温柔的枝叶
一场风雪后
那些翠绿的梦
已纷纷结冰

不知下一个季节
在那片洁白的雪地上
是否会有一双脚印，自密林深处
蜿蜒而来

涂映雪，福建作家协会会员，福建省楹联学会副会长。

2023.11.25 星期六

故乡雪忆 / 方文竹

无边的雪地。一张天地间巨大的白纸
一个黑点移动，变幻不同的文字图画
这是谁的笔法呢
而我，迟疑中收回了自己的笔
留给别人来抒写吧
而他，渐行渐远，越过墓碑就不见了
雪地折叠成一部书，像小学生的课本
在天地间传阅
我庆幸自己是第一位读者

方文竹，中国作家协会会员，安徽宣城诗歌学会会长。

2023.11.26
星期日

癸卯兔年
十月十四

晨　遇 / 孔庆根

薄雾在水面舞蹈
苇塘寂静，芦花收缩
一只早起的鸟儿飞过
停歇在一秆芦苇上
茎干负重、弯曲、倒挂
像要落到水里

鸟跳跃、踱步，且鸣叫
而新的平衡诞生
芦苇颤动、摇曳、花絮舒展
他们像两个忘年的好友
初见的冷涩与僵硬之后
身体里的少年飞奔而来

走在冬天
寒风在日夜收割

此刻，一双爪子抓住了我
摇晃着我
一个顽劣少儿抽穗而出
寻找他的鸟虫草木

孔庆根，浙江省作家协会会员，杭州西湖区作家协会副主席。

癸卯兔年
十月十五

风中的智者/徐　明

凛冽寒风中
村口那片银杏
纷纷扬扬
散去千金
暖了足下土地

枝头片叶不留
只为大地添色
一身洒脱
了无挂牵
芳华还在来年

徐明，江西省吉安市人大常委会副主任。

癸卯兔年
十月十六

用一场雪，转动时光的滞留/丫 丫

收起天空的裙裾，收起云
收起虚妄
腾出足够的空
让一场雪，走进来

远山生出远山
前方叠加于前方
比远更远，比孤独更孤独
这条路，到底有多长？

光线兑下纯白，诞生黑亮
请允许我，用一场雪
洗薄
夜的暗色

看，那些滞留的时光
正以一场雪的名义，流动起来

丫丫，原名陆燕姜。中国作家协会会员，广东省作家协会诗歌委员
会副主任。

2023.11.29 星期三

落 叶 / 雪 鹰

2023.11.30 星期四

婴儿那样精致。每一枚
都是唯一，都是上帝的工艺品
并非生命的终结，是新生的开始
新的名字叫"落叶"
愚蠢而滥情的人，总以你
渲染悲秋情结
岂不知，落地的一刻
正是诞生的一刻，与季节无关
曾经吊在树上的那片，不是你
它叫绿叶，或红叶。大众叫法是"树叶"
那是多少难过的日子，远离天地，寸步难行
有时也闪闪发光，只是为别人装点
而你是自由的，可以在大地上打个滚
可以正卧，侧卧，或立在某处
可以有属于自己的颜色，形状和活动区域
在雪水里洗个清清亮亮的澡
至于明天，明天
永远不会在一棵树上吊死
落地了，你有了生命。黄土埋骨
是你朴实的默默无闻的一生

雪鹰，安徽淮南人。自由写作者。

癸卯兔年
十月十八

冬日集镇 / 龚学敏

运豆腐的电动三轮，在雪地
越跑越白，汽油味的尾巴
被成本折腾得时粗时细

报纸尚未出生便已死去
雪地黑得突然，不需要来时的
过程。雪花
会成群成群地死出大地的真相

而纸上的黑字，还会一天天地死
虽然已经死去

运豆腐的电动三轮，在雪地
越跑越晚
直到貌似工厂的作坊临街的铁门
连轰两声
一是打开，平息自己的残喘
二是把已经点燃的街灯，关在
冬日里

龚学敏，四川九寨沟人。四川省作家协会副主席，《星星》诗刊主编。

雪 / 曾若水

水蒸气
借着寒气
把自己扮成雪
纷纷扬扬
下到人间
装清纯

憨厚的大地
因冰雪
聪明起来
也学会了
装嫩

曾若水，中国作家协会会员，江西省宜春市作家协会副主席。

冬　夜 / 凌晓晨

枯萎衰绝的草茎，戴着雪霜
在夜风中摇晃。一盏明灯透过浅窗
亮在梦中归乡人的心上

时尚和流俗在季节里淹没，谁听见
冬天的心跳，卓然自立在山冈上
充满一棵树的偏向

风的声音只是吼叫，惯性的思绪让冬天
多了墙壁和取暖的依靠，避风的方式
在泥土下存活，根部守护沉默

秩序是黑暗也是月光，冬天的夜晚
冰在生长，内敛一种卓越的膨胀
层层缠绕，是喜悦，也是纯净的哀伤

远山如剪影，近水似目光
封存记忆的界限，清醒一次次温柔
大雪在梦中飘扬，也覆盖在大地之上

凌晓晨，中国作家协会会员，中国水利作家协会诗歌委员会主任。

2023.12.3　星期日

雾凇，一次又一次
虚拟过暮年的衡山 / 陈群洲

风雪雕塑着时光里的万物
云朵停驻。衡山又一次被烧制成瓷

鸟雀迷失于归途。草木终止长势
却获得了自己想要的形状
生命的原点，是不是都发轫于虚无

自然界的手笔比艺术家更为大气
白发苍苍的衡山，老态龙钟
异形的美，凝练而从容

天空降临人间。星光低垂
一张白纸上，有妙不可言的春天

陈群洲，中国作家协会会员，湖南省诗歌学会副会长。

癸卯兔年
十月廿二

雪 人 / 宋德丽

站在厚厚的泥土地上塑你
我听见了雪花
陨落之前
最后一声叹息

雪人长长的睫毛
噙着季节的泪滴
洁白明亮的瞳孔
清澈着迷惘

温柔地注视中 雪人
已在我迷离的泪眼中消失

宋德丽，中国作家协会会员，中国诗歌学会会员。

癸卯兔年
十月廿三

阳光下的雪 / 李尔莉

一滴泪告诉我
我是阳光下的雪
注定不能寻找情歌的方向

与空房子一起
宿命的神
吮吸石头上酣睡的灰烬

而一场大雨光临太阳的腮红
阴郁的季节
晾晒背上凄凉的声音

穿灰色风衣的路
抽出一把刀
砍断小城角落里的沉默

我不能抱住即将远走的日月
酣睡的灰烬长出一波秋水
淹没时间的尘埃

忽然看见短暂的停留与奔跑
忽近忽远
阳光下的雪
融进大海里涛声依旧

李尔莉，陕西延安吴起作家协会主席，《长征》杂志主编。

2023.12.6 星期三

癸卯兔年
十月廿四

大 雪 / 王小林

雪埋藏了一切

唯独埋藏不了梅花

这对天生的情侣

吵吵闹闹又一岁

梅把眼哭肿了

再把雪揽进怀里

梅花喜欢雪

雪把一生托付给梅花

这是他们前世的承诺

然后相互融入

把最美好的爱情

与结局

以最美的形式呈现

王小林，江西省作家协会会员，江西省杂文学会副会长。

癸卯兔年
大 雪

大雪，二十四节气中的第二十一个节气，冬季的第三个节气。于每年公历 12 月 6 日至 8 日交节。大雪节气是干支历子月的起始，标志着仲冬时节正式开始。是反映气温与降水变化趋势的节气，它是古代农耕文化对于节令的反映。大雪节气的特点是气温显著下降、降水量增多。

寒山白——大雪 / 马熙格

天地一色，
是最纯净的白，
褪去了万般的俗世纷杂。
北国苍茫，
是最华美的霜，
冰封一条壮阔的浪波寒江。
岭上雪落满了青松，
山中客静听古寺的晚钟。

马熙格，辽宁中医药大学本科生。

2023.12.8 星期五

癸卯兔年
十月廿六

北方的雪 / 牛 黄

太阳把光给了雪
大地把宽广给了雪
树将投降的姿势给了雪
于是，枯枝将鸟巢的温暖也分予了雪
天空的雁阵将一声凌厉也给雪

多少年后，我从北方回到南方
也带回北方那雪银质奖章般的寂静
那金子一样贵重的沉默

牛黄，原名黄吉韬。中国作家协会会员。

2023.12.9 星期六

癸卯兔年
十月廿七

吟　梅 / 白　海

说起梅，自然说到冬，说到蒙山头顶的雪
说到挺直的腰身，没有爱够的亲人

也说到抗争。一生的花期，被冰雪覆盖
说到叶子，你用锯齿，咀嚼暗夜与疾厄

要说写梅，真的难以下笔
就像写到母亲，我的笔，会不停地哽咽

白海，原名何志勇。中国作家协会会员。

癸卯兔年
十月廿八

看 雪 / 董进奎

从空划过擦伤了专注的目光
以花的容颜贴在冰面
掩盖住一次深度霜冻，冰感动的泪流
以零度的纯情温暖着池塘

水之下黑泥中躺着节节残藕
珍藏段段光阴，几枝叶秆伸出冰层
胡乱地撕扯，收集氧气与光
心清澈，纠缠丝丝牵挂

董进奎，中国作家协会会员，中国诗歌学会理事。

冬夜，我与月光絮语 / 曾旗平

缱绻在文字里寻觅
每每思绪涌动，夜不能寐
脑海就能掀起波澜
时而惊涛骇浪，时而微波粼粼
从天涯到海角，从天堂到地狱
潜藏人性的本真和丑陋
一句一念之间生成

没有一条道路是笔直、平坦的
来到转弯路口
码砌一些温婉词句
慰藉一段辛劳的步履
烹煮几道涤荡喧嚣的佳肴
让嘴里咀嚼的芳香溢出前行的方向

哪一株花草都吸吮过雨露
哪一座山川都普照过阳光
就在这样一个夜晚
月光悄悄来到窗前，我敞开心扉

曾旗平，中国诗歌学会会员，福建三明市作家协会会员，三明诗群滴水村落成员。

癸卯兔年
十月三十

十二月里的枫叶 / 周　芸

慢慢地、一点一点地变
遇到十二月的寒风
就通透了，红遍了
艳丽的模样，真像十八岁的你
紧靠着我，还有胸前飘起的红丝巾

矜持的寒风让今年的冬天格外温暖
枫叶还在渐变中
这让我有了期盼，心里便静静地飘起了雪花
白里透红的景色多么美好
还有你的红丝巾

听说你的城市已经下雪
清冽的空气中，有没有一片红叶分外醉人
如果有人折一枝给我
我就回赠一片云霞，用心中的雪
还要系上那条红色的丝巾

周芸，江苏省作家协会会员。

2023.12.13 星期三

癸卯兔年
十一月初一

蓑笠翁 / 邓　涛

前半生寻找世界，后半生寻找自己

回头的路也是艰辛
与千里的沃野隔着嶙峋的山
钓起一条江的黑白
钓一束光
带着风霜的老灵魂
让数九的寒天下锅
在一口锅里
才能听到这个冬天翻滚的欢乐
当夜色再一次无情地覆盖了大地
但愿，今夜还有梦

邓涛，中国作家协会会员，南昌市文艺评论家协会主席。

癸卯兔年
十一月初二

2023.12.14
星期四

听 雪/阿 成

瓦屋白，棚屋胖。彻夜未眠的灯火里
卧着一张红木床的辗转反侧：
故乡人在异乡听雪，与
异乡人在故乡听雪
没有区别……

檐滴稀稀落落。坍塌时有发生。
雨棚上跌落的雪，连着
山崖上跌落的雪。
轰然的声音惊醒山谷，也惊醒
一个人城中的睡眠。
东山古树折枝，南山青竹裂骨
断裂每时每刻发生——

未眠人，心上有无法拭去的重
和无法承受的轻……

阿成，原名詹成林。中国作家协会会员，安徽省池州市作家协会副主席。

2023.12.15 星期五

面对你 / 牧小阳

十二月的玻璃会绣出霜花
那里没有四季
我熬夜织围巾，针法是情侣扣

牧小阳，原名常丽芳，山西阳城人。

癸卯兔年
十一月初四

雪 / 月　剑

落在一片枝丫上的

银色的荒凉

叶子上起伏的山峦、冰封的河流

还有红装的妖娆女人

她们好看的粉腮

冷夜里星星的火

谁蹑空而至

神秘的公主，围坐心头

吝啬的羽毛留下

钢蓝的盐在孤独的角落

噢，我有多么迷离

在南方宛若昨天的岛屿

举着一尘不染的标本

像苏醒的青铜的翅膀

重新回归鸟的体内

月剑，原名曹彦林，湖南永兴人。中国诗歌学会会员。

雪 / 刘合军

雪在远方融化后，风就开始启程

南方以南是奔跑的方向

穿过五桂山的空寂

海水和孤帆

是它败落的一个节点

北方以北

是清白的祖国

炫目的旗杆立在舞台中央

广阔天地陈列着雪一样的汉白玉

飞云

来到横琴水岸

不见明朝败落的雪

也不见东坡先生在此

渡劫

刘合军，祖籍江西省萍乡市。中国大湾区诗汇副主席。

癸卯兔年
十一月初六

与雪有关 / 林　萧

一

眼前的雪比远处的雪落得快
眼前的雪飘在地上
等待远处的雪
一起洁白

二

雪球落在雪地里
留下一些
白色的伤痕

三

总想起那个飘雪的夜晚
我们静静坐着
看窗旁的雪花簌簌落下
有白色的音乐缓缓升起

林萧，湖南永州人。中国诗歌学会会员，广东作家协会会员。

2023.12.19　星期二

时光书 / 张 凯

非黑即白
时间一变脸的工夫
你飘逸的长发
就仿佛中了魔，结了霜
落了雪

当然，我也没有例外
更不知道会有谁
能够逃脱时光，逃脱这无形的追杀

肩并肩，时间的沃土之上
你和我都是一株茁壮生长的庄稼
拟或草木
等风等雨，等衰老
也等被收割

张凯，陕西礼泉人。水利工程师，陕西咸阳市诗歌学会副秘书长。

2023.12.20 星期三

癸卯兔年
十一月初八

冬　思 / 龙艳华

冬夜，又见沉睡在心底
飘忽不定的眼神

清冷的光影
瞬间充溢草木的温暖
没有什么比你的到来
更自然、喜庆与祥和

丰硕的身子、坚毅的脸庞
灵巧的手指以及稳健的步伐
挟裹坚若磐石的念想

又见沉睡在心底
飘忽不定的眼神
同样是晚风，同样是繁星
同样是隐隐约约地心动
同样是燃烧在冬夜里的一团火
都是爱的宣言

龙艳华，江西省作家协会会员。江西省吉安市青原区人民政府副区长。

2023.12.21　星期四

冬 至 /祁 人

最长的夜
与最冷的天
接踵而至

有一些寒气如剑
呼啸而过
有一些雪花温柔
轻拍肩头

唯有爱，如埋藏的种子
在向下生长着

它积聚着力量
只待一场春雨的来临
便破土发芽
势如破竹，与春天呼应

祁人，中国诗歌学会创建者之一，中国诗歌万里行总策划。

癸卯兔年
冬 至

冬至，二十四节气中的第二十二个节气，也是中国民间的传统祭祖节日。冬至是四时八节之一，被视为冬季的大节日。在古代民间有"冬至大如年"的说法，冬至习俗因地域不同而又存在着内容或细节上的差异。

父亲送我走过一场雪 / 肖章洪

已有好多年，家乡没再下雪
但我总会想起，那一场覆盖大地的雪
想起，那白了的天白了的地白了的脚印

雪很厚，父亲的脚印很重
沉重地印在大地的白纸上

雪很厚，我学着父亲跋涉
雪覆盖着我的书包我的斗笠

父亲送我到离学校五里的山口
父亲目送我，目光如灼热的炭火

我回眸，父亲的背影消失在大雪里
我泪湿了，泪湿了父亲三十五里的归程

从此后，我常会想起父亲那灼热的目光
在有雪的寒冷时，在无雪的温暖里

从此后，我总会想起那场雪里的脚印
在泥泞的道路上，在漫天的沙尘里

从此后，我总会想起父亲的背影
在疯狂的暴雨中，在灿烂的阳光下

父亲送我走过一场雪
我走过漫长漫长的人生路
我奔向诗，奔向梦，奔向远方

肖章洪，中华诗词学会会员，《诗词百家》杂志终身社员。

2023.12.23 星期六

癸卯兔年
十一月十一

芦 苇 / 程向阳

这么多年
我在滩涂河渚
没心没肺地变青变黄
相信，有米白的花絮
谷黄的枝叶
刀砍镰割
也是带着疼痛地收获

深冬到了
岸边有盛开的野菊
脚下是灰兔的去路
这个黄昏
有一场野火该多好
野火也是热烈的镰刀
借助一阵寒风
我被收割时
一半成烟
一半成霞

程向阳，湖北赤壁人。湖北作家协会会员，中国金融作家协会会员。

2023.12.24 星期日

我见过这场弥漫的大雪 / 陈树照

我见过这场弥漫的大雪
它下得多么快　转眼间
已找不到来时的路
河流　山川　村庄　教堂……
整个尘世　都抹上了
一层厚厚的白泥沙

秋天留下的那片灰暗
只剩下　树的缝隙　巢的底部
山的脊背　只剩下
一只小小的松鼠
一小点　一小点的黑块
在滚动　消失

我置入这样的傍晚　见过这场大雪
见过它的苍茫　一些落在我的衣袖
另一些正在弥漫
你看我的身体已在变形　没等这场雪停下
我已成了圣诞老人

陈树照，中国作家协会会员。

2023.12.25　星期一

北国的雪 / 刘旭锋

撂下行装
在故乡的灶台边造一座禅院
袅袅香烟里
顾及柴米油盐
也，顾及暮鼓晨钟的流年

时光凝成遒劲的枣枝
一边歌着四季的残酷
一边振臂欢呼

所有被光阴加持的人
在去路与回程里
狂笑。欢腾。静默……

该需多厚的雪
才能阴郁千年
为远行的人
捧住深沉的思念

刘旭锋，四川省戏剧家协会会员，四川省诗歌学会会员。

2023.12.26　星期二

癸卯兔年
十一月十四

下雪了 / 庄 凌

终于等到一场大雪

天鹅绒降落

漫天雪花飞舞

我也飞了起来

轻飘飘地

仿佛每个人的命运也不再沉重

雪花一点一点把这个世界变白

我也一点点变白

我几乎已经遗忘了

这纯洁的颜色

如今，只剩一片雪花

能找到你内心的感动

庄凌，戏剧影视学硕士。山东省作家协会签约作家。

2023.12.27 星期三

下雪天做一次母亲 / 余元英

冬天是一尊送子观音
派雪花给大地馈赠儿女
一切事物开始受孕
石头的肚皮日渐隆起
炊烟是风的胎动，在风的子宫里拳打脚踢
不能开出花朵的枝头也分娩出纯洁的花
做了一次母亲

冬天平等地爱着自己的子女
用白色铺就一张婴儿床
摇曳渴望成长的小生命
也用雪花掩盖枯草、腐果、苍凉
以及被秋天弄脏的大地

孕育越久，越能装下更多的宽容
像我这个即将在冬天分娩的准妈咪
被胎儿撑起的肚皮里装下了善良、美丽和慈爱
也尽可能地包容谎言、卑贱和不公

余元英，90后，四川九寨沟县人。

雪还在空中 / 白玉娟

从山脚慢慢爬上山顶
暮雪同山峰一起变得苍老
老屋仍然崭新如故
目送一场雪的新生
在河水中消融最后的爱意
那最低处凝固的倔强模样
悄然将时间围困

雪还在空中
寂然得像个自闭的孩子
每一片雪花都是伟大的诞生
他们替我见过五彩斑斓的世界和爱情
除了融入泥土
任何短暂的停靠都是在大地上安身立命

纵然往高处去
人不可胜寒　清流不胜脚力
但神明自有论断
罢免爱
任何事物都会被时间蒸发

白玉娟，云南曲靖人。昆明城市学院学生。

2023.12.29　星期五

岁　尾 / 段光安

岁尾

夜很淡

乡间的小径

静谧如冰

残雪并不耀眼

繁星挂在枝头

那么近

踏着岁月的边缘

踽踽独行

冰裂

我听到了叩门声

段光安，中国作家协会会员，天津市鲁藜研究会会长。

又逢岁末 / 王 琪

多少年月迅疾奔跑，提一盏马灯
也不能找见归途和去路
人世苍茫，似羁旅一般，过于漫长
我怕泥沙俱下的日子
如过江之鲫，令人顿生疲倦

见不见面、能不能回故乡并不重要
沉默已是最好的解答
既然不能在长廊下徘徊
就给远方的亲人写一封信
雾霾裹着寒意漫过异乡的窗前
只有那些模糊记忆的事物难以辩解

倒下去的草木还会获得新生
而匆忙中散失的影子难以重逢
这个时节，我所有的不安
像凌乱不堪的一堆旧情
伫立万物之上

王琪，中国作家协会会员，陕西省职工作家协会理事。

2023.12.31 星期日

编 后 记

  2020 年 8 月份，我与中国文史出版社编辑全秋生达成了出版《每日一诗·2021 年卷》这一特色诗歌选本的合作意向，作为主编的我非常认真地编选海内外诗人的来稿，作为责编的全秋生先生则非常认真地审阅稿件，当《每日一诗·2021 年卷》以极快的速度在 2020 年 12 月份上架发行时，该书以雅致的封面、大气的版式、精美的印制，以及丰富多彩的诗歌作品内容而受到人们的普遍肯定与赞赏。可以说，我与中国文史出版社的第一次合作就取得了成功。受此鼓舞，我与中国文史出版社继续进行《每日一诗·2022 年卷》一书的合作，2021 年 10 月中旬我完成了该书的诗稿编选工作，而责任编辑全秋生先生于同年年底便"高效质优"地出版了该书，该书从形式到内容都得到了众多诗人与诗歌爱好者的一致认可与好评，这对我这个辛苦异常的主编而言，无疑是一种最"走心"、最温暖的精神安慰。在此还须提及一下的是，《每日一诗·2022 年卷》于 2021 年年底出版后，为了加大《每日一诗·2022 年卷》一书的宣传力度，从 2022 年元旦开始，李军、柏荷、郭延芬、青山、子莲、黄华、隋源、春天、郭春华等朗诵者，发动并组织更多的朗诵者，按照月份顺序，热情地朗诵《每日一诗·2022 年卷》中的诗篇，他们每日朗诵一首诗，用各具特色的动人声音演绎着"每日一诗"，在非常广阔的微信诗人、诗歌爱好者朋友圈子里传播着《每日一诗》，大大提升了《每日一诗·2022 年卷》一书的影响力与美誉度，在此感谢朗诵者们的辛苦付出与无私奉献精神。

  有了两次愉快的合作经历，继续与中国文史出版社精诚合作，在合适的时间节点（秋天时节）编选一年一度的《每日一诗》便是顺理成章的事情了。在总结前面两次编选经验的基础上，我以更高的要求来编选《每日一诗·2023年卷》一书，以不负海内外广大诗人朋友与诗歌爱好者对我的厚爱与支持，也不负中国文史出版社对我编选工作的高度信任与充分肯定。

与前两年一样，在编选《每日一诗·2023年卷》一书时，我依然遵循自己一贯的编选思路，以春、夏、秋、冬四大时间板块的排序来呈现一年四季的风景，将它们作为这部诗选的主题内容与编排方式。《每日一诗·2023年卷》一书收入了海内外华语诗坛上365位当代著名诗人、实力诗人与诗坛新秀的与风景有关的精短诗歌作品365首，书中每位诗人选用一首诗，每天推出一首诗，一年365天，全书365首诗，这就是"每日一诗"的含义。由此可见，年度性诗歌选本《每日一诗》实质上等同一本年度《新诗日历》。根据我的既定思路，《每日一诗》中所有诗篇就是呈现四季自然风景的，这些诗作在重点表现自然主题的同时，也衍生出丰富性、深刻性的思想主题，由此便形成自然主题与其他主题交响共鸣的动人局面，而这堪称《每日一诗》年选本在内容层面最大的特色与亮点。当然，除了思想、情感等精神方面的价值，《每日一诗》无疑也具有很高的审美鉴赏价值，这里不再赘言了。

《每日一诗·2023年卷》征稿启事在中诗网发布出来后，在短短10天之内，我就收到了数千份诗歌稿件，广大诗人的热烈反响与积极支持，是我坚持编选《每日一诗》的强大动力。在此，衷心感谢诸多诗人朋友对我诗歌编选工作热忱而有力的支持（这里恕我不能一一列出他们的名字）！借此机会，我要向中国文史出版社表达我个人的敬意与谢意，感谢出版社对我主编的《每日一诗·2023年卷》给予高度重视与大力支持，我要为出版社领导传播诗歌文化的过人眼光与浓郁情怀大大点赞！在当下的疫情时期，诗歌出版物的发行与销售情况普遍疲软，面临严峻的现实考验。中国文史出版社能够鼎力支持《每日一诗》的编选与出版，真的让人肃然起敬。

在《每日一诗·2023年卷》一书的具体编选过程中，雁西、三色堇、邓涛、胡建文、盛华厚、石慧琳、兰晶、月剑、陈琼等诗坛朋友与弟子，为我的编选工作提出了很有参考价值的意见与建议。熊锐戎、毛贝心、陈娟、江雨馨、左昭、李剑玫、袁静怡、赵秦、黄慧琳、冯丹、游泽昊、

廖妍佳、唐梅、冯佳艺、郑子菲、李曌萱、盛媛媛、彭佳欣、叶贝贝、叶琼、睦颖菲、晏子懿等北师大的学子们，先后帮忙做了书稿诗作的文字录入与初步编排及校稿工作。这些学子们参与我的诗歌编选工作中来，态度是积极、自觉而热情的，他（她）们内心深处对诗歌与诗人的认可、尊重、欣赏与热爱态度，一直是我从事诗歌编选工作与诗歌评论及研究工作的强大动力之一，在此向这些优秀的、富有诗意情怀的学子们表示真诚谢意。

作为编者，我希望自己连续七年编选的《每日一诗》（2018 年、2019 年、2020 年书名为《中国新诗日历》），能够作为一个非常美好的新年礼物奉献给广大诗人与诗歌爱好者。祝愿即将到来的 2023 年每一天，都有一首诗歌照亮我们的精神世界，每一个平淡的日子都充满诗意的光芒。

每日一诗，滋养灵魂，让我们把每一天都过成诗！

是为后记。

谭五昌 2022 年 10 月 15 日
写于北京京师园

图书在版编目（CIP）数据

每日一诗．2023 年卷 / 谭五昌主编．-- 北京：中
国文史出版社，2022.12
　　ISBN 978-7-5205-3886-2

　　Ⅰ．①每… Ⅱ．①谭… Ⅲ．①诗集－中国－当代
Ⅳ．① I227

　　中国版本图书馆 CIP 数据核字（2022）第 199683 号

责任编辑：全秋生

出版发行：中国文史出版社
地　　址：北京市海淀区西八里庄路 69 号　　　邮编：□00142
电　　话：010 － 81136602　　81136603　　81136606　（发行部）
传　　真：010 － 81136655
印　　装：廊坊市海涛印刷有限公司
经　　销：全国新华书店
开　　本：787 毫米 ×1092 毫米　　　1/16
印　　张：24　　字数：380 千字
版　　次：2023 年 1 月北京第 1 版
印　　次：2023 年 1 月第 1 次印刷
定　　价：88.00 元

文史版图书，版权所有，侵权必究。
文史版图书，印装有错误可与发行部联系退换。